水瀬明澄
高校生／氷菓の中の人
京氷菓
大手事務所ぷろぐれす
所属の人気VTuber

可愛い！
¥300
てぇてぇ！
¥2690
幼なじみの同期とか
推すしかないっ
ママもよう見とる
てぇてぇ
¥10000
今日の可愛い代です
九重零七
氷菓と同期のVTuber
朱鷺坂庵
高校生／イラストレーター
氷菓のキャラデザ担当
ママ

CONTENTS

隣に住んでる聖女様は俺がキャラデザを担当した大人気VTuberでした

乃中カノン

BRAVENOVEL
ブレイブ文庫

プロローグ　ママと娘の日常

「だ・か・ら！　俺はロリコンじゃねぇ！」
深夜0時ながらおよそ五万人が見守る配信に、そんな叫びにも近いツッコミが響き渡った。
：草
：うるせぇｗｗｗ
：ロリコンはみんなそう言うぞ
：ママ必死で草
：連れていきなさい
：特技はランドセルの匂いを嗅ぎ分ける事だったりしない？
：ロリロリロ―リロリ
：え、先生はロリコンでしょ？
「おい、コメ欄！　冤罪がすぎるだろ！」
ダンッ、と画面の向こうで机を台パンした金髪の少年。彼はイラストレーターの『かんきつ』だ。
こんな真夜中の配信に寄せられたお便りから現在、彼はロリコン疑惑をかけられていた。
「ママ、落ち着いてください。こんな時は『○リ神レクイエム☆』でも聞きましょう」

「それで落ち着けたら俺、防犯ブザー鳴らされちゃうよ？」

荒ぶる彼の反応が面白いのか、視聴者たちのイジりは止まらない。

そして彼を宥《煽》めにかかるのが銀髪のお淑《しと》やかそうな美少女——彼女は京氷菓《かなどめひょうか》というY○uTubeのチャンネル登録者数七〇万人を誇る大人気VTuberだ。

氷菓はVTuber界きっての大手事務所『ぷろぐれす』に所属している。歌やゲームが上手で抜群のコメント力による司会進行など、なんでも出来る配信者として人気を博していた。

また、事務所の清楚筆頭であり、リスナーからは『うかまる』や『うかちゃん』、『あいす』などの愛称で親しまれている。

そんな愛称に似合うラフで可愛らしい部屋着姿をした氷菓だが、そのキャラデザを担当したのが、今荒ぶっているかんきつだ。

二人はお互いの名前から『うかんきつ』としてユニットを組み、こうしてよくコラボ配信をしていた。

「たとえ先生がロリコンでも尊敬してますよ？」

「最近そういう絵の仕事が多かっただけでロリコン呼ばわりは不名誉すぎるわ。こんなのやってらんねぇよ。俺の味方はバ○リースだけだよ！」

全力で容疑を否認するかんきつは、ヤケクソなのか訳の分からない事を口走りながら、好みのジュースを一気飲みする。ちなみに今日、三本目だ。

そんな彼の立ち絵は『でこぽん』と書かれた白のTシャツに、黒のキャップを合わせたへんてこな姿である。

イラストレーターとしては、カラフルだったり淡い色づかいを使い分けるのが特徴だ。また、SNSのフォロワー数がゆうに五〇万人を超える、いわゆる神絵師でもあった。
六、七年前からアカウントがあってそれなりに知られた存在だったが、商業デビューは三年ほど前と比較的若いクリエイターである。
その正体は朱鷺坂庵《ときさかいおり》という名の男子高校生。立ち絵こそ金髪だが、中身はやや茶色味がかった髪色の大人しそうな印象を受ける少年だ。

氷菓のキャラデザを請け負った彼はVのママとなり、彼女の配信によく出没していた。

「ママ、児ポ〇関係に気をつけてくださいってコメントがありますけど大丈夫ですか？」

さらにコメントを拾った氷菓が、生き生きとイジりを入れてくる。

「そんな恐ろしいもん持ってねぇよ。どこで入手するんだろうな、あれ。ま、業界には捕まった人も居るし、今度ここに呼んで入手経路聞くか？」

「やめましょうか!?」

「大方、海外流通やらダークウェブ関連だろうけどな。ただ輸入は税関のチェックが怖いし入手難度的に国内調達がメジャーっぽいけど」

「お詳しいですね!?」

：詳しいなお前。飛天〇剣流・書類送剣されるなよｗ
：ママ、生々しいよｗｗ

：リアルすぎで草
：幼児見学浪漫譚《ろまんたん》は洒落《しゃれ》にならん
：未成年がなんで知ってるん？

：児童に関心？

：おい、これは黒だろｗ
斜め上の返答にコメント欄は大盛り上がりする。

かんきつも《俺》氷菓も求められるコメントやリアクションを理解し、阿吽《あうん》の呼吸でエンタメへと昇華させるのが上手だ。

そして、時折二人の間で行われる尊いやり取りがリスナーたちを沸かせる。

そうやって、笑いと癒しを振りまく配信が人気を集めている要因だった。

「ま、まぁ疑惑は置いといて……。さて終わりが近付いてきましたけど、ママは何か宣伝とかありますか？」

気づけば配信開始から約二時間がすぎており、区切りもいいので氷菓が締めに入った。

配信は宣伝やお知らせで締めるのが定番だ。例に漏れず氷菓からその有無を尋ねられる。

「えっと、ミニイラストブックの予約が始まってるんですけど、安めなのでぜひ」

疑惑を放置されるのは容認し難いが今は仕方ない。消化不良気味で宣伝させてもらう。

「だそうです。ママは最近ずっと頑張っていたみたいなので、皆さん買ってあげてください。私も予約しましたよ！」

「ありがとう！　俺はいい娘を持ったなぁ」
「ママの大ファンでもありますからね！」
元気よく氷菓が宣言する。
「俺も氷菓が推しだよ」
「ママ……！」
そう言い合いつつ、氷菓はにっこりと笑いながら２Ｄの身体《からだ》をぐりんぐりんと左右に振って喜びを表現する。
こうした二人の会話は当人たちには何気なくとも、リスナー達にとっては大好物だ。
イジりとツッコミの応酬から打って変わり、二人の互いをリスペクトするようなやりとりに、ただでさえ速く流れているコメント欄が加速し始めた。
：てぇてぇ
：てぇてぇなぁ
：は？　てぇてぇ
：うかんきつてぇてぇ
：うかんきつしか勝たん
：てぇてぇ
：ありがとうこれで成仏できる
一気に盛り上がったコメント欄は多くの『てぇてぇ』で埋め尽くされ、成仏し始めるリスナーまで居る始末。

　この配信でしか得られない成分を味わいにやってきた、と言わんばかりの今日イチの賑わいを見せていた。

「という事で皆さん。保存、鑑賞、実用、布教用×二冊は買いましょう」

「やめなさい！　折角、いい感じだったのに。はい、終わるよ！　終わり終わり。みんな一冊でいいからね！　じゃ、おつうかー」

　ほどほど氷菓がボケると、俺が強制的に締めて配信はロゴだけの画面に切り替わる。

　タイミングやテンポをうまく見極められるのも既に二年近い付き合いがあるからだろうか。

　お互いに息が合う二人は、ファンたちからV界のベスト親娘と呼ばれるだけはあった。

：おつうかー！

：乙うか
：草
：おつうか！

：一〇個予約した！

：おつうか草
「ママ、私のセリフ取らないでください！」

「おつうかー！　おつうかー！」

「くっ！」

配信画面が切り替わっても二人の声だけは流れ続ける。

画面の向こうへ俺が氷菓のチャンネルで採用されている終わりの挨拶を煽るように繰り出すと、またコメント欄は速さを増していった。

:草
:Cパート助かる
:Cパート助かる!
:おつうか
:ママ煽ってて草
:おつうか!
:Cパート助かる

そうして、最後までコメント欄の盛り上がりを見せながらコラボ配信は終わりを迎えた。

＃　＃　＃

「先生、配信お疲れ様でした」

放送終了後、ゲーミングチェアにもたれかかっていると、モニター越しに澄んだ声が届く。

「お疲れ様です。今日もこのまま打ち合わせする?」

「いえ、今日はもう遅いですし、冬休み明けで学校もありますから後日でもいいですか?」

「あ、俺も学校だ。じゃあ、今週土曜の朝一〇時くらいで」

「了解です。では、今日もお疲れ様でした」

「おー、おつかれー」

次の配信に向けて打ち合わせの約束を取り付ければ、その日のコラボは終了する。

だが、通話を切る直前に彼女が一言漏らす。

「……あ、そうだ。グッズのサンプルが事務所から届いていましたよ」

「そういや、そっちの事務所から何か来てたな」

「多分それですね。私は今日の午後にでも開封しようと思ってます。楽しみですよね」

「開封したらツイックスにアップしようかな」

「いいですね！　私もそうします」

グッズは俺が描き下ろしたイラストが使われており、届くのを楽しみにしていたものだ。

通話を切ろうと思っていたのだが、グッズの事で話が盛り上がって一〇分ほど通話を延長してしまった。ファン向けの営業ではなくかんきつの大ファンと豪語するだけあって、彼女の熱量は凄かった。

その後、一言二言交わして「お疲れ様でした」と労い合えば、今度こそ本当に通話が切れる。

チャットソフトを終了させると、俺はぽすんとゲーミングチェアにもたれかかって息を吐いた。

「明日、いやもう今日から学校か。もうひと頑張りしたら寝よ」

あくびを一つと背伸びを一つ。やる気を捻《ひね》り出すように俺はぐぅーっと身体を伸ばす。

グッズのサンプルを早く確認したいが、いつでもいいかな、と呑気《のんき》に部屋の隅に放置されている荷物に目をやりつつ、彼はイラストの制作作業に取りかかる。

この時、俺はその届いた荷物のせいで身バレをするなんて思いもしなかった。

第1章　身バレと聖女様のご飯事情

「もうこんな時間か。……やべ、ゴミ出さないと」

朝からイラストの制作作業をしていた俺《いおり》がふと時計を見やると、いつもの登校時間に針が迫っていた。

作業を止めた俺は急いで登校の支度《したく》を始める。

学生である彼は帰宅後の空いた時間以外にも、こうして朝から絵を描いている事が多い。その勤勉さや作業量が俺をプロイラストレーターへと押し上げた要因だ。

そんな俺の一日は少しの眠気とともに慌ただしく始まるのである。

「さむ……」

部屋の外。マンションの廊下へ身を出すと、充満した凍てつくような冷気に全身の肌がぴりぴりして思わず声が出た。

冬休み明け初日から登校するのが嫌になってくる。

だからといって休める訳でもないし、俺は観念してゴミ袋を手に持った。

彼の住んでいるマンションは各階にゴミ捨て場が設置されていて、場所は廊下の一番奥。

寒い寒い、と身を震わせながら俺はそこへ向かって歩き出した……その直後、背後から透き通るような声が聞こえてきて、たった一歩進んだところで俺は引き止められた。

「朱鷺坂《ときさか》さん、おはようございます」

声の主のほうへ振り返ってみると、そこには腰まで伸びた銀色の髪を揺らす少女が居た。

彼女は俺の自宅の隣に住んでいる水瀬明澄《みなせあすみ》という少女だ。

学校では聖女様と呼ばれていて、お隣さん兼クラスメイトでもあった。

聖女様なんてあだ名が付くだけあって、明澄はとても綺麗な顔立ちをしていた。冷たげに澄んだ千種色《ちぐさいろ》の瞳、綺麗に通った鼻筋、艶《つや》やかで形良い薄桃の唇と、その端整さはまるで物語の世界から飛び出してきたかのようである。

すらりとした手足は白磁器を思わせる白さがあり、俺とは肌の透明感がまるで違う。紛れもなく美少女というに相応しい存在だろう。

恵まれた容姿に加えて、品行方正かつ成績優秀。基本的には誰にでも分け隔てなく優しくて謙虚な性格をしている。

といったように、清楚を極めたような彼女が聖女様と呼ばれるのは何も不思議ではなかった。

当然、学校ではよくモテていて明澄の周りに人だかりが出来る。

ただ、俺はそこには加わる事はない。興味がないわけではないが、お近付きになりたいとは思わないのだ。

その結果、すれ違った時に申し訳程度の会釈をするぐらいの非常に素っ気《そけ》ない関係となっていた。

だから、明澄がわざわざ声をかけてくるのは随分と珍しい事で、俺は驚いていた。

「あの、今日から指定のゴミ袋のはずですが？」

「あ……」

「あなたもここがルールに厳しい事を知っていますよね？　誰が捨てたかが分かったら学校に苦情を入れられるかもしれませんし、私にも迷惑なのでちゃんとしてください」

声をかけてきたのは俺へ苦言を進呈するためだったらしい。

怒っているようではないが、どこか冷たい物言いだった。学校だと聖女様なんて崇められているわりに、どうしてか俺にだけは少し冷たかったりする。

明澄に興味は薄いけれど、そこは気になるところだ。気になったところで、恐らくその真相を知る機会はないと思われるが。

「そうだった。けど、指定のやつ持ってないな……申し訳ないけど一枚ほど貰えたりしないだろうか？」

「……仕方ないですね。少しお待ちください」

今日からゴミの出し方が変わる事を俺はすっかり忘れていた。

このままだとゴミを捨てられないからダメ元で助けを求めてみると、明澄は一言、二言残して呆れながら部屋へと戻っていく。

冷たくは見えても、やはり噂通り根は優しいらしい。

暫《しばら》くして、明澄が戻ってくる。

「これきりですよ。今日の帰りにでもコンビニで買ってきてください」

「ありがとう。悪いな」

「では」

部屋から戻ってきた明澄は、突き出すように俺へゴミ袋を渡すと、お小言を残してスタスタと、その場から去っていく。

本当に無愛想というか素っ気ない。向こうからすると、俺の事もそう見えているのかもしれないので不満はないけれど。

それにしても一体自分は彼女に何をしたんだろうかと、心当たりがない俺は首を傾げながらありがたくゴミ袋を使わせてもらうのだった。


「おーい、知ってるかあ？　『すぅ様』が身バレ&彼氏バレしたってよ」

教室へ辿《たど》り着くや否や、そんな声が聞こえてきて、俺はぎょっとした。

正体を隠してイラストレーターをしている俺にとっては、あまりにも身近な話題すぎたのだ。

身バレという単語に怯えていた俺を余所に、身バレしたらしい当人がなかなかの有名人ともあって、一部のクラスメイトたちの間では盛んに熱のこもった会話がなされていた。

ちらり、と視線を彼らから教室の端に移せば、明澄の姿がある。

現在その彼女は話題に見向きもせず静かに読書をしていて、まるで世俗との関係を断ち切っているかのようだった。

住む世界が違う、とはこの事だろうか。

「マジかあ。すう様、家凸までされてるし」

「ショックだわー、彼氏かよー」

「すうちゃん結婚説ほんとかな？」

(身バレかぁ。大変だな。てか、よりにもよってすう様かよ)

俺は席に着きつつ密かに耳をそばだてる。

話題に上がっているすう様とは、人気のゲーム実況系ＶＴｕｂｅｒで、その彼女のキャラデザを担当した絵師と俺はネット上ではあるが繋がりがあった。

身バレ。俺のようにＳＮＳなどにおいて有名人の場合は、特に恐れている事の一つだろう。ストーカーやアンチ、好奇心に煽られた輩に情報が悪用されるのは目に見えている。最優先で回避すべき事案だ。

(まぁ、まだ個人のすう様でよかったか。大手のＶだと阿鼻叫喚《あびきようかん》だろうな)

アイドル売りをしているとなれば、恋愛は大スキャンダルだ。

もしそうなったら地獄絵図が展開されるに違いない。近年はそうでなくても燃える時は燃えるし、恐ろしい話である。

(俺は恋愛沙汰《ざた》じゃ、多分荒れないから楽だな。いや氷菓《ひようか》がらみだと怖いな)

他人の配信に出演している以外は普通のイラストレーターという点で考慮するなら、俺の身バレや恋人バレなんて一瞬話題になるかどうか程度。

ただ氷菓との関係を親娘というより、男女の仲として見ているファンが存在するのも事実だ。

それを加味するのなら、俺に恋人が出来て露見でもすれば、多少騒ぎになるかもしれない。

そうなると彼女に迷惑をかけるだろうから、今一度気をつけようと気を引き締めておく。

同時にそもそも恋人なんていた事がないので大丈夫だろう、とも俺はたかをくくっていた。


そうして妙な朝から始まった新学期一日目も気づけば、すっかり外が暗くなり始めていた。

友人の少なさや帰宅部という事もあって、用事が済めばそそくさと帰宅するのがいつもの俺だが、今日は午前で終わった事もあり、昼食がてら遠出して帰ってきた。

そして、今朝はあんなに重かった足取りは軽く、運動と称してエレベーターではなくいつもは避ける階段を選んだりと、浮かれている様子だった。

俺の機嫌がいいのは、昨夜告知したミニイラストブックの予約が好調だと、ついさっき担当者から連絡があったからだ。

(悪くない新年の出だしだなぁ)

夕食は何にしようか、とかどうでもいい事を考えつつ一人で楽しくしていたのだが、階段を上りきり自宅方向へ顔を向けたところで俺の足と思考が止まった。

数秒視線を泳がせ、そちらに焦点を合わせ直すと、聖女様という別世界の住人がぽつんと俺の部屋の前で佇《たたず》んでいた。

(いま　あなたの　めのまえで　そんざいかんを　はなつ……いや、何事だよ？)

今朝とは違って、明澄はどこか落ち着きのない様子でそわそわしているように見えた。

「俺に用でもあるのか？」

目が合ったので愛想のかけらもない声音で話しかけてみる。

どうせ今朝のように何か注意されたりするだけだろう。そう思って無警戒に尋ねた。

「あの、朱鷺坂さんて、私の『ママ』ですよね？」

どうでもいい事だろうと決めつけていたのに、唐突に明澄からそう告げられた俺は「は？」としか返せなかった。

帰宅していきなり普段距離のある同級生に『ママですよね？』と言われて困惑するなというほうが無理がある。

「少し雑すぎましたね。それでは改めますけど、朱鷺坂さんの正体って、プロイラストレーターのかんきつ先生ですよね？」

返す言葉が見つからなくて戸惑っていると、それを察した彼女は申し訳なさそうに笑みを見せて言い直す。

そうして俺はようやく自分の置かれている状況を理解する事が出来た。

身バレしてんじゃん、俺――と。

いつも通りの帰宅のつもりが、どうしてか同級生のお隣さんが待ち構えていて、また何か注意されるのかと身構えた矢先に、思わぬ言葉を告げられたのだから驚くほかない。

まさか身バレしていようとは。

友人や親戚などではなく、まさかの知り合い程度のお隣さんにである。

実に最悪の展開だろう。

「待ってくれ。なんの話だ？　かんきつ、ってなんの事だ？」

とりあえず誤魔化《ごまか》すしかない。俺は平静を装ってしらを切る事にした。

「……まぁ、いいです。ここではなんですから、下のラウンジに行きましょう」

「あ、ちょ！」

既に証拠はあがってるんだ、とでも言いたげに振る舞う明澄は、有無を言わさずエレベーターに乗り込んでいく。

そうなれば俺もついていくしかない。悪くない新年の出だしとは一体なんだったのだろうかと、身バレした事実に早々と気分が沈んだ。

二人で乗るエレベーターは無言が支配していて、とてつもなく気まずかった。

ラウンジに着くと、揃《そろ》ってテーブルに腰かける。

「さて、この時間はほとんど人も来ませんので隠さなくてもいいですよ、かんきつ先生？」

一言目にして明澄からそう詰められた。

ここは休憩所的なラウンジで、自販機とテーブルが三つあるくらいだ。確かに人は来なさそうだが、そう簡単に俺も自分の正体を明かす訳にはいかない。

彼女が配信者やインフルエンサーの個人情報を漁ったり特定して、接近するような不届き者ではないとは限らないからだ。

「いや、だから……」

庵はどうにか粘ろうとする。

　ただ、頑張りを見せた次の瞬間には、呆気《あっけ》なく諦めざるを得ないセリフを聞く事になった。

「もったいぶるつもりはありませんので、これをお渡ししますね」

明澄がブレザーのポッケから一通の封筒と手紙を取り出して手渡してくる。

中身を確認しようと一行目を読んだところで、今までの抵抗が無駄だったと思い知った。

「そういう事です」

「やってくれたな、ぷろぐれす。これ情報漏洩だぞ」

「それに関してはまた後でお話がありますので」

俺が手にしたのは大手VTuber事務所『ぷろぐれす』の社長からの手紙だった。

宛先は俺となっており、差出人にはぷろぐれすの社長の名が記してあった。

手紙は新年の挨拶状。読めば一発でイラストレーターかんきつが俺と判明する内容だった。

宛名がペンネームのかんきつでなく、本名だったのは俺個人としても付き合いがあるからだろう。それが災いした。

その挨拶状によってかんきつの正体を明澄に知られたわけだ。

つまり正真正銘の身バレであり、最低最悪の事態である。

そして、もう一つの事実に俺の思考が届いた。

「私のママって……水瀬、お前もしかして氷菓《ひょうか》なのか!?」

「はい、その通りです。私、水瀬明澄は京《かなどめ》氷菓《ひょうか》として活動する、いわゆるVTuberの中の人です」

「嘘だろ……」

「嘘じゃないですよ。これ、私のチャンネルのアカウントの管理画面です」

明澄はニコっとしながら堂々と正体をバラした。

証拠です、と彼女は氷菓でなくては見られない情報を簡単に差し出してくる。

氷菓とは性格とか色々と違うし、まるで別人じゃないかとは思うものの、そんな事を気にしている場合ではない。

現状を理解した俺は、どうしてこうなった、と文字通り頭を抱えるのだった。

「とりあえず、経緯をお話ししますね」

「話が早くて助かるな。頼む」

唸るように頭を抱える俺の内心を察した明澄は、折を見て話を進めてくれる。

こういうテンポのよさは氷菓を彷彿とさせないでもなかった。

「先ほど学校から帰宅したんですけど、事務所から届いた荷物を開封しました。中身は今度発売される氷菓のグッズ関連です。昨日氷菓とかんきつ先生としてその話はしましたよね、と言えば大方理解出来ますか？」

「そういう事か」

どうやら氷菓との配信後に話していたグッズのサンプルに挨拶状が紛れ込んでいたらしい。

俺より先に帰っていた明澄が気づき、俺を待ち構えていて、今に至るという事なのだろう。

「恐らくですが、私と朱鷺坂さんへ送る際に間違って混入したのでしょう。送り先も部屋が隣ですし、何か勘違いがあったと思われます」

「送ったやつはデスペナルティだろこれ」

「この事を会社が知ったら大慌てでしょうね。ある種の情報流出ですから」

頭を抱え焦る俺とは反対に明澄はとにかく落ち着いていた。

朝のように冷たい訳でもなく、先ほどのようにそわそわした様子でもない。

なんなら少し嬉しそうにも見えた。

「お前、楽しそうだな」

「すみません。そんなつもりはないのですが、かんきつ先生とお会い出来たと思うと、つい」

「そりゃ好みの絵師に会えたら嬉しいか。俺はこんな形で会う事になって複雑だがな」

「私も事実を知った時は驚きましたね。でも少し安心もしたんですよ」

「へぇ。なんで？」

「だって、これで朱鷺坂さんと過剰に距離を置かなくてもいいですから」

そう言って、明澄は小さくはにかむ。

「なるほど……というか、なんで俺に冷たいんだ？　学校じゃ誰にでも優しい聖女様とか言われてるくせに」

「そ、それはすみません……。一応、一人暮らしですし、隣人には気を使うというか。あと、身バレも怖いですし……」

「あー。まぁ、そりゃそうか。水瀬って学校で男子に群がられたりするしな」

「そういう事です。今まですみません」

ぺこりと明澄は頭を下げる。

元々申し訳ないという気持ちがあったらしい。

一応、声は作ったりボイチェンで弄《いじ》っているのだろうし、実際に今の地声と配信時の声はかなり違う。

だとしても、身バレしないかと不安があるに決まっている。明澄の身バレは俺とは受けるダメージの大きさが違うので、絶対にバレる訳にはいかない。

それに女子高生の一人暮らしなんて怖い事だらけだろう。

学校に限らず言い寄られる事が珍しくもない明澄からすれば、隣に住んでいる男子のクラスメイトに不用意に気を許す、なんてありえないのだ。

俺が同じ立場でもそうする事だろう。

美少女だから苦労する事もあるもんなんだなぁ、と俺は同情を向けた。

「さて、これからどうしようか。とりあえず事務所には後で報告するとして、今後の付き合い方だな。正直に言えばちょっと気まずいんだが？」

「私も少し戸惑ってはいます」

「だよな」

「でもどうせなら、今から土曜日の予定だった打ち合わせでもしませんか？」

気まずさを割り切ったのか、明澄は一つ予想外な案を差し出した。

それには思わず「適応力高いなお前」と俺が感心気味に呟《つぶや》いたが「トラブルには慣れてますので」と、明澄はにこやかな表情を浮かべてみせた。

「配信者やってるやつの言葉だけに説得力があるな」

「それでどうしますか？」

「……やるか。ちょっと今からじゃ、作業に手がつかないだろうし」

打ち合わせは互いに空いている時間を選んであるだけなので、暇が合えばいつでもいい。となれば、今からのほうが効率的だし、明澄の意見に同調した。

「では場所を移しましょうか」

「んじゃ、俺の部屋にでも行くか。人が来ないとはいえ、いつまでもここで話すのも怖いし」

「……私が距離を置いていた理由を明かした後によくお部屋に誘えますね」

隣人と分かった事だし、わざわざ今から互いの部屋に戻って通話しながらというのも変だろうと思ったのだ。

だから、そんな提案をしたのだが、その刹那《せつな》、明澄は表情を強ばらせて冷たく突き刺すように言い放った。

「あ、いや……申し訳ない」

しまった、と思った時には遅かった。

「個室の喫茶店とかそういう考えはなかったのですね」

すっと明澄の目が細められ、責めるような口調で詰められる。

男を遠ざけている彼女からすれば、不審に思っただろうし警戒もした事だろう。

あまりにも考えが至らなかった事に俺は後悔する。

「……まぁ、いいです。どうせ朱鷺坂さんの立場で変な事は出来ないでしょうし、一応今までの信頼もありますから」

「悪い。今度から気をつける」

これまで俺は他の男子のように明澄へ近づく事はなかったし、うかんきつとして何度も配信をした仲でもある。

それなりに人柄を把握している事もあってか、明澄は許してくれるようだった。

「それに小さな子にご興味があるようですしね」

「うるせーよ。だからロリコンじゃねぇって」

そんな風に昨夜の配信のネタを持ち出して揶揄《からか》ってくる明澄を連れ、自宅に向かうのだった。

「汚いです」

俺の部屋に入ってすぐ、明澄からそんな声が漏れた。短くも的確に部屋の惨状を捉えた正直な感想を明澄より賜《たまわ》ったのだ。

部屋に生ゴミが散乱しているという事はないから、異臭や悪臭はしない。

ただ、イラストの資料である書類や本が積み上がり、フィギュアや模型などが無造作にその上に並べられている光景があちこちに広がっていた。

そして、人が通る道だけはしっかり整備済み。洗面所だったりトイレやリビングなどに繋がる通路が開通されていて、またなんとも言えないもの悲しさを含んだ部屋だった。

そんなに酷いだろうか、と明澄に顔を向けるとうわぁ、と言わんばかりの表情を浮かべていたので聞くまでには至らなかった。だいぶ酷い有様のようだ。

「クリエイターの部屋ってこんなもんだけどな」

「ただ片付けが出来ない人の部屋なだけです。職業は関係ありませんので、全国のクリエイターの方に謝ってください。今すぐに」

ばっさりと辛辣《しんらつ》にお小言を頂くのだが、一般的に見て明澄の言う事は正論なので「ホントだって」と言うだけに留めて、強く食い下がる事はしなかった。

きっと反論を一つでも言ったらお小言が十で返ってくる。抵抗しないに越した事はない。

「あと、隅っこのお掃除ロボットが窮屈《きゅうくつ》そうです。こちらにも謝罪を」

さぁ、とお掃除ロボットに手のひらを向けているが、俺に謝るつもりはなく「ああ、そいつは役立たずだぞ」と、お掃除ロボットを無視して部屋の奥へ突き進んだ。

「良くない環境だからです。ちゃんと活躍させてあげましょうよ。はぁ……」

幻滅されただろうか。大きなため息をつかれてしまった。

俺は普段から料理をするので、それをＳＮＳに投稿していたりと、ファンなどからは家事万能と思われている。

きっと明澄もそう思っていたのだろう。

だが、イラストレーターかんきつの実態は片付けられない人間だ。

正確には片付けてもすぐに散らかるし、そもそも片付ける暇がないというのが実情なのだが。

「先生、お料理は出来るのになんでこんな……」

「メシだけはちゃんとしろって言われてるしな。祖父母が飲食店やってて小さい頃から教えられたし、それが一人暮らしをする条件だったんだよ」

「だからお料理は上手なんですね」

「洗濯も出来るぞ」

「あなた、一人暮らしですよね？　やって当然なのですが？」

「まぁ、片付けはしてないけど掃除はしてるから。埃《ほこり》はそんなにないと思う」

「ないわけないです……これはいずれ片付けないと大変な事になりそうです。いっその事お片付け配信でもしてはいかがです？」

「やめとく。フォロワーとかファンからは家事が出来るクリエイターって思われてるし」

「他人をこんな部屋に招くくせに、しょうもない見栄を張ってどうするのですか？」

「言ってくれるな」

彼女の言うようにお片付け配信でもしないと、ここを綺麗《きれい》にする機会はやってこないだろう。

イメージを損ねたくないと口にするが、俺だってどうにかしたいとは思っている。

つまり、ただ面倒くさがっている事に言い訳しているだけなのだ。

そんな彼を明澄はじとーっ、とした目で見やりながら「しょうがない人ですね」と呆れるように呟いた。

「さぁ、安全地帯だ」

全体的に散らかってはいてもダイニングとキッチン周りだけは綺麗にしているので、ダイニングテーブルに明澄を案内した。

流石《さすが》に食事に関わる所は汚くしておけなかった。

そこは明澄も感心していたようだが、散らかっている場所との比較なので感心されるハードルが下がっている感は否めない。

明澄にお茶を用意してテーブルに届けると、俺はまたキッチンに戻っていく。

どうも、と会釈した明澄だったが一緒にテーブルで顔を突き合わせるものだと思っていたようで、何故？　と言いたそうに首を傾げる。

「さてと。打ち合わせだけど面と向かって話すのもやりにくいだろ？　だから、晩御飯を作りながらでも、って考えてるんだけど身勝手か？」

「いえ、構いませんよ。私もそのほうが気兼ねなく話せそうです」

ずっと素っ気ないお隣さんだったのに、蓋《ふた》を開けてみればネットの世界ではお互いに推しだとか言い合っていた、というのはなかなかに気まずい。

大人しく席に着いているように見える明澄も、やや気まずそうにしているのが分かる。料理をしながらであれば、気恥ずかしさも紛れる事だろう。

「それなら遠慮なく作らせてもらうか」

「ええ、どうぞ。……ちなみに何をお作りで？」

了解を得て早速俺が晩御飯作りに着手し始めると、明澄が興味深そうに尋ねてきた。

打ち合わせは？　と言いたいが支障はないので答えておく。

「ハンバーグとコーンスープ、ついでにサラダ。ご飯かパンかはこの後の気分次第かな」

「王道でいいですね」

「これ、美味《うま》いし楽なメニューなんだよな。手間なのはハンバーグくらいだし」

「他は焼いている間に出来ますもんね。私もハンバーグの日はこんな感じですし」

「そういや水瀬も料理するもんな。氷菓のツイックスでよく見るわ」

「最近は忙しくて滅多《めった》にしてないんですけどね……」

明澄は顔を逸らしながら、そうぽつりと零《こぼ》した。

年末年始はイベントや企画が目白押しだったし、どこかに手が回らなくなるのも無理はない。

彼女が頑張っている事は知っているし、少し可哀想に思えてくる。

「なんだ。もしかして食生活に困ってるのか」

「お恥ずかしながら。年末年始はスケジュールが詰まってましたし、週明けにはテストもありますから、ちょっと……」

「仕事が立て込むと辛《つら》いよな。俺も締切りが近い時は出前とか外食で済ますし」

「おにぎりを作ったりしてはいるんですけどね。どうもバランスが気になるところでして」

現在の生活状況を明かす明澄は、悩ましそうに苦笑いする。

最低限どうにかしようとはしているらしい。

本当に手が回らない時は出前すら頼む時間が惜しいので、お菓子や栄養補助食品で済ませる俺からすれば、おにぎりを作っているだけでも感心させられる。

(ずっと頑張ってるもんなあ……)

「……じゃあ、ハンバーグでも食うか？」

俺も忙しいと仕事に追われてよく家事が疎《おろそ》かになるし、明澄が困っているのがありありと目に見えてしまい心配になった。

その言葉は無意識に出ていた。

「え？」

スープを作っている最中だった手を止めた俺が放った言葉に明澄は、ぽかんとしつつ目を瞬《しばたた》かせる。

完全に不意をつかれた、という表情をしていた。

「最近まともなの食べてないんだろ？」

「ええ、まぁ」

「だったら食べていけばいい。どうせ一人分も二人分も変わらん」

「いえ、それは気が引けます」

普段から料理をする俺は食生活の大切さが身に染みているし、年頃の高校生が忙しくて米くらいしか食べてないというのは同情する。

申し訳なさそうに明澄は断ろうとするが、材料も余ってるし、俺からすると心配だから食べて欲しいくらいだった。

「ゴミ袋の礼もしてなかったし。ま、嫌なら余計なお世話だって言ってくれ」

「そんな事はないです！　むしろ、かんきつ先生の料理は食べてみたいと思ってましたから」

差し出がましかったか？　と思ったものの、明澄はぶんぶんと首を振って少々食い気味に否定してきた。

単純に気が引けていただけのようだ。

「決まりだな。食えないやつはあるか？　アレルギーとか」

「いえ、好き嫌いもアレルギーも特には」

特に気をつける事もなさそうなので、そうと決まれば早速てきぱきと動き出し、俺は冷蔵庫から追加で食材を取り出す。

要望などを聞きつつ、もう一人分の材料を追加していく俺の姿は手慣れていて、彼が日頃から自炊するのだとよく分かる光景だ。

はぁー、とカウンター越しに座っている明澄は感嘆の眼差しを向けていた。普段自炊をする明澄からしても大したものなのだろう。

この空間に男女二人ともあって、俺にはどこか主夫っぽさが感じられた。

「えっと、お手伝いしましょうか？」

「大丈夫だ。最近忙しかったんだし、休んでてくれ」

「では、お言葉に甘えさせていただきますね」

一度立ち上がる様子を見せた明澄だったが俺に気遣《きづか》われると、優しげに笑って座り直す。

任せっぱなしというのは申し訳なかったのだろうが、俺からすればお客さんだし、お礼と労いの意味もあるので手伝わせるつもりはなかった。

「それで打ち合わせの件だけど、次の配信はいつ頃にしようか？　去年からやるって言ってた企画がかなり溜まってるよな」

話が逸れすぎていたので包丁を握りながら軌道修正して、本来の目的である明澄との打ち合わせを始める。

「明後日まで予定が詰まってるのでそれ以降であれば」

「ＯＫ。じゃあ週明けにとりあえず零七《れいな》辺りでも呼んで、久しぶりにお悩み相談室やるか」

「分かりました。彼女には連絡しておきます。そういえば、夜々《よよ》さんから何かご連絡ありましたか？」

「夜々さんから？　何も来てないはずだけど？」

「……これはあの人忘れてますね」

「多忙な人だしなぁ。まぁルーズってところもあるけど」

夜々とは氷菓と同じぷろぐれす所属のＶＴｕｂｅｒでフルネームは真昼《まひる》夜々といい、活動歴が五年目に突入した古参の一人だ。

チャンネルの登録者数は既に一二〇万人を突破しており、氷菓と同じように大会運営など司会進行に長けたライバーとして知られている。

明澄との繋がりで庵も何度か共演した仲だ。特にイベントや企画のゲストとして招かれる事が多いから、恐らくその類《たぐい》のお誘いなのだろう、と庵は推測した。

「もう私から伝えておきましょう。実はですね、今月下旬に新年の企画としてぷろぐれすのライバーを集めて大喜利大会をするんです」

「へぇ。今年は大喜利なんだな」

「はい。夜々さん中心に私ともう一人くらいで補助しながら運営するんですけど、外部の方にお題作成を依頼しようかと思ってまして」

「そこで俺なのか」

「ええ。ライバーのママたちに夜々さんから連絡が行く予定だったんですけどね」

「うん。全然聞いてないな」

「受けていただけますか？　先生には少々おふざけ寄りでお願いしたいのですが」

「いいぞ。際どいやついこうかな。政治系とか炎上したすう様とか」

明澄からの依頼に庵はハンバーグの空気抜きをしながら、冗談を交えつつ答える。

「不謹慎系は絶対にやめてください。まぁ、検閲はしますけど」

「ジョークだよ。それで提出期限は？」

「出来れば一〇日後くらいには」

「了解」

　俺は料理を手際良く進めながら明澄と打ち合わせを詰めていく。

　さっきまで二人の間に漂っていた気まずさもいつの間にか消えていた。


「よし、出来たな。とりあえず、話もここまでにしとくか」

　作り始めてから一時間半と少しで夕食が完成し、カウンター越しに明澄へ料理を受け渡す。

「はい。ってこれはなかなか……いつも投稿で見るより美味《おい》しそうです」

　並べられた料理はどれも丁寧に盛りつけられており、見るだけで食欲をそそられる。

　ふっくらとしたハンバーグには数種類の付け合わせ、刻んだパセリが彩りのコーンスープ、赤や緑、黄色と色鮮やかなサラダが今夜のメニューだ。明澄の要望でバターライスも添えてある。

　その出来具合に明澄は千種色の瞳を丸くしながら、一種の感動を覚えるかのように「わぁ……！」と声を漏らしていた。

「よし。食べよう」

「はい。いただきますね」

　料理の配膳が完了すると、俺も席に着いて明澄と食卓を囲む。二人で手を合わせて箸を手に取った。

　明澄は育ちが良いのだろう。全ての動作が上品で、小さな口にハンバーグを一切れ運んで静かに味わっている。

それでいて、食べる時の表情は年相応で日頃の愛想のなさが激減していた。

ハンバーグに舌鼓《したつづみ》を打ちながら頬を緩ませ、ふやけたように眦《まなじり》を下げる表情はとても可愛らしい。

大人びた所作の中に幼さを垣間見せる明澄は、思わず撫《な》でたくなるような衝動に駆られるくらいには愛らしかった。

それからまもなくして明澄の表情がさらに綻《ほころ》び、俺に感想を伝えてきた。

「あ……、このハンバーグとても美味しいです」

「そりゃよかった」

短く伝えた明澄は、また別の品に手を付けていく。

見ている限り好評のようで何よりだ。俺も自然と口許《くちもと》が緩む。

「付け合わせの人参が甘くて凄く好みなんですけど、何かいいものだったりするんですか？」

明澄が一番気に入ったのは、ハンバーグの付け合わせとして添えられた人参のグラッセだった。

人参そのものは冷凍ではあるが、グラッセは祖父直伝の一品で今日のメニューの中では一番自信がある。

「それ、ただの業務用の冷凍なんだけどな。でも意外とイケるだろ？」

「そうなんですか。業務用も侮れませんね」

「冷凍最強だからな。日もちするし言うほど味は落ちないし。まぁ、生のほうがずっと美味しいんだろうけどなあ」

「でも、これ凄く温かみのある味がします」

明澄は人参をまた一つ口に運び微笑む。

その仕草と表情は妙に綺麗で、聖女様と称される所以《ゆえん》が分かるような気がした。

明澄を美少女だとは認識していたが、恋愛対象となる事はなかった。これまではこんな綺麗な人も居るんだな程度で、それ以上でも以下でもなかったのだ。

ただ、素の笑みを零す今日の明澄は愛らしいと思うし、不意にどきりとしてしまった。

「スープもハンバーグも人参も、どれも凄く安心する味がします。どうしてでしょう？」

こてん、と不思議そうに明澄は首を傾げる。

ただそれだけなのに、可愛いと思えるのだから存外に俺も単純だ。

世の男子が心を持っていかれるのもおかしくはないだろう。

「ま、なんであれ喜んでくれるならそれに越した事はないよ」

人が変わったかのように優しい笑みを浮かべる明澄だが、いつもの素っ気なさが嘘みたいだ。そうやって何度も美味しい、美味しい、と言いながら食べてくれるのだから、こんなに嬉しい事はない。

そんな明澄を見やりつつ、作った甲斐《かい》があるな、と俺は料理を教えてくれた祖父と祖母に感謝するのだった。

「ごちそうさまでした。とても美味しかったです」

「お粗末さま。そう言ってもらえて何よりだ」

食事を終えた明澄は、とても満足しているようで終始俺の手料理を褒めちぎっていた。

最近はおにぎりなどの軽食しか食べられていなかったから、その分感動も大きかったのだろうか。振る舞った俺としては満足だ。

「そういえば、祖父母のお店と仰られていましたけど、ご実家は飲食店なんですか？　過去の配信ではご両親ともに会社員だとお聞きしましたけど」

「実家は普通の家だよ。ただ普段は家に親が居ないから、高校生になるまではたびたび祖父母に世話になってたってだけだな」

共働きの両親は家を空ける事が多く、俺はよく祖父母に世話になっていた。その祖父母が飲食店を営んでいたという事もあって、店を手伝うかたわら調理技術を身に付けたのである。

とはいえ腕前がプロ級かと問われても自信はない。

流石に本気で絵描きを目指しながらそこまで上達は出来なかった。

「お忙しいご両親なんですね」

「忙しいっていうか帰ってこないっていうか。まぁ、高校に入ってからは会ってないな」

「……私と同じですね」

朱鷺坂家の家庭事情を明かすと、明澄は何やら小さな声で呟く。

「ん？　何か言った？」

「なんでもありません」

どこか嬉しそうな、それでいて悲しそうな表情をするので、気にはなるけれど聞こえなかった体で済ませておく。

高校生の一人暮らしはそうある事ではないし、今の表情の揺らぎも、明澄が学生と配信者を両立させながら親元を離れている事に由来するものかもしれない。

そう考えに至ると、もう少しだけ彼女の力になれればと俺は思い始める。

「ま、俺の事は置いておくとして、明日からどうするんだ？」

「それはどういうお話でしょう？」

抽象的に尋ねた俺に、明澄は首を捻る。

「水瀬さえよければ明日以降も晩御飯くらいなら食べに来てもらって構わないって話」

「ここまでしておいてもらってなんですけど、これ以上はあなたのお世話になるつもりはありません」

端的に説明すると柔和な表情を浮かべていた明澄は、またあの冷たい声音《こわね》と目つきで突き放すように断言した。

親しい間柄ではないし、警戒するのも無理はないだろうが、異常さを感じない訳でもない。

今の明澄を直視すると、底知れぬ闇を覗《のぞ》くような感覚に陥るのだ。

「知り合いがまともな食生活を送っていないのは流石に心配だ」

「先生のお仕事に影響するほうが心配です」

形式上あくまでも俺を配慮しての拒否だった。

実際、俺のファンでもあるし本音も交じってはいるのだろう。

けれど、俺だって明澄——氷菓のファンだし、彼女の食生活が気になって仕方なかった。

「言っただろ？　メシはちゃんとしなきゃならないって。どうせ仕事関係なく作るんだしそれくらいは問題ない。この家に来るのが嫌ならタッパーにでも詰めて持って行こうか？」

クリエイター職が体を壊しがちな事をよく知っているし、実際に壊した知り合いも沢山《たくさん》居る。今の状態の明澄は寝不足とかも併発してそうだし、放置するのが躊躇《ためら》われたのだ。

お節介を承知で言い切る。

「あなたは何故そんなにお節介を焼きたがるのです？」

「一緒に配信やったり、仕事の依頼相手だし、お隣さんだし。なんかあったら目覚め悪いだろ。あとは性分だな。ちゃんと寝てるのかとか、食べてるのかとか。普通に心配なだけだよ。……ああ、もうなんか口うるさい母親みたいになってきたな」

特に他人と関わらないくせに、気になり出したら仕方ない俺の性格がこんにちはした。

実質的に二年前から付き合いがあるとはいえ、今日まともに話した女子高生相手におかしな話だろう。

すまん、と視線を落とし、苦笑いで謝って恐る恐る顔を上げると、何故か一瞬だけ明澄が笑っていたような気がした。

「はぁ。……分かりました。三日に一度だけお世話になろうと思います。それ以上は遠慮させていただきますけど」

一つ息をついて、明澄が折れる。

本気で心配しているのが伝わったのかは分からないが、妥協案を提示しながらも納得していた。

「あと、お一つだけよろしいですか？」

「なんだ？」

明澄は辺りを一瞥《いちべつ》しつつ、ぴんと人差し指を立てる。

「食事のお礼としてですね……いえ、この際ですから、はっきり言いましょう。この部屋が汚くて目に余ります。なので、綺麗にさせていただけませんか？　ここで、ご飯を食べたいとは思いませんし」

「そりゃそうだ。けど、これだけ物が多いと大変だし、片付けなら業者でも呼ぶけど？」

「いえ、それには及びません。次に訪問する時は情報漏洩《ろうえい》の件でマネージャーを交えての話になると思いますから、人員は足ります」

「容赦ねぇなぁ。というか漏洩したのマネさん確定か」

「千本木《せんぼんぎ》さんが箱詰めしたって言ってましたからね」

「ああ、それで。ただ、個人的には片付けとかあんまり気にしなくていいんだけどな」

「こちらからの謝罪とか色々理由付けてはいますが、今日の夕食がとても美味しかったですからね。警戒して睨《にら》みましたが、私としても他の料理も食べてみたいとは思っていたりします。

なのでお手伝いくらいはと思いまして」

「そっか。なるほど」

明澄の申し出にはお礼だったりこの散らかし具合は目に余るから、という以外にも別の意味があったらしい。

また食べてみたいと口にする明澄は、ほんのり照れながらその真意を告げるのだが、それを聞いた俺は少しニヤけそうになった。

「なんだかなぁ」

「なんですか。何か？」

「いや、お前が本当にあの水瀬かと思ってな。今朝まであんなに素っ気なかったし」

「悪かったですね、無愛想で」

未だに朝までの彼女と今の明澄が、まるきり別人に思えてならなかった。

少しだけ揶揄ってみた俺に拗《す》ねたような口ぶりで返してくるし、こんな事は今までに記憶がない。お隣さんとしてもクラスメイトとしてもだ。

本当はこんな女の子だったのか、と俺の中には驚きと戸惑いが混在していた。

「それに配信中の性格も似てるようで全然違うよな」

「当たり前です。私と彼女は別人ですから。というか、この話はもういいでしょう？」

妙にはっきりと否定してくる明澄に違和感を覚えるのだが、配信者がキャラを作っているのは普通の事なので俺はそんなものか、ぐらいに思って納得した。

声音がまた僅《わず》かに冷たげなものとなっていたから、怒らせるのは怖い。

俺は刺激しないよう「また二日後の夕方に待ってるわ」とそれだけ伝えて、話を切り上げた。

二十二時頃から配信の予定があるらしいので、夕食の後片付けは遠慮してもらって、玄関まで見送りに行く。

「今日はありがとうございました」

明澄はくの字に腰を折り、一言お礼の言葉を残すと玄関のドアを開いた。

とにかくこれで身バレ事件も落ち着くだろう。

おう、じゃあな、と俺は仄《ほの》かに口の端を持ち上げて、明澄を見送りつつ気を抜くのだが、玄関から出ていこうとした明澄が「あ……」と、くるりと振り返った。

「なんだ？　忘れ物か？」

「いえ、また明日学校で。それだけです」

玄関に立つ俺を見上げたと思えば、明澄は小さく手を振る姿を残してから帰っていった。

(なんだよ、あれは……)

気を抜いていた俺に、それは絶大な効果を発揮する。

あんなにも無愛想だった明澄がまさかの振る舞いをしたので、俺は目を丸くしていた。

ついでに、不覚にも可愛いと思ってしまった単純な自分が情けなくなる。

だから、俺はそれを誤魔化すように、彼女の事情を理解しながらも……。

「そんな事が出来るなら、もう少し優しくしてくれたってよかったじゃないか」

と、これまでの態度から明澄に嫌われているのでは、と不必要な杞憂をさせられていた事に俺はひっそりと文句を漏らすのだった。

＃　＃　＃

そして、その日の夜。

明澄は自分が帰った後の俺の事など気にもせず、

「ふふふーん♪　ふふんふ♫」

お気に入りの曲を鼻歌で歌いながら、配信で……。

：うかちゃん、何かいいことあったの？

：テンション高いよね

：まさか、男か⁉

：何があったのー？

：は？　相手はかんきつママしか認めん

：気になるおしえてー？

「そう見えます？　実はちょっと美味しいご飯を食べたんですけどね……」

いつもより少しだけご機嫌にトークを弾ませていた。

第2章　こんにちは、身バレの元凶

「この度は誠に申し訳ありませんでしたぁぁぁぁぁっ！」

　俺《いおり》が身バレしてから二日後の朝、慟哭《どうこく》のような謝罪が彼の部屋に谺《こだま》していた。

　リビングのど真ん中には、見事な土下座を披露するスーツ姿の女性がおり、それを俺と明澄《あすみ》が見下ろす形だ。

　土下座する女性の名は、千本木《せんぼんぎ》瑠々《るる》といい、緩くふわっとした長い茶髪が特徴的だ。彼女が明澄のマネージャーであり、俺の身バレの原因となった張本人である。

　事が起きた翌日に俺と明澄が事件の顛末《てんまつ》を事務所に報告すると、休日の今日瑠々が謝罪に訪れたのだ。

　もちろん、この後部屋を片付けさせられる事は一切知らされていない。

「とりあえず、頭を上げてください」

「はい……」

　あちらに非があるとはいえ、土下座をさせっ放しというのは可哀想に思える。

　萎縮しつつ、本当に申し訳なさそうな表情をしながら瑠々は面を上げた。

「正直な話。やってくれたな、とは思いましたけど。大事にはならなかったのであまり気にはしていません」

「本当……ですか？」

「最初は水瀬《みなせ》と一緒に情報漏洩だろとかデスペナルティだろとか話したりはしましたけどね」

「すみませんッ！　すみませんッ！　すみませんッ！」

床に向かって瑠々が何度も頭を上下させながら、ひたすらに謝り倒す。

完全に彼女が悪いのだからそうするほかない。俺の態度一つで大きな揉め事に発展する可能性さえある状況において、瑠々に出来るのはただ頭を下げる事のみであった。

「社長や上司の方からも謝罪がありましたし、この件はもう気にしないで欲しいです」

「分かりました。ご寛大な対応とお心遣いありがとうございます」

俺が苦笑しつつ水に流す事を伝えると、瑠々はもう一度深々と頭を下げる。

これでこの件はお終いだ。

簡単に許すのは、実は瑠々と直接面識があるのが理由である。

配信環境や機材の相談に乗ってもらっていたりと、世話になっているからあまり責めたい気持ちにはなれなかった。

この後部屋の片付けを頼もうとしている身としては、むしろ申し訳ないくらいだ。

「ですから、この話は終わりにしましょう。どうせ会社のほうで色々あったと思いますし」

「はい。一ヶ月の減給処分になりました……」

この件に関して相当に堪《こた》えたのだろう。瑠々は悲痛な面持ちで答える。

「千本木さんもこれからは気をつけていただければそれで」

「本当に土下座だけで許してもらっていいんですか？」

「逆にこれ以上、何をするつもりだったんです？」

「身体くらいは差し出すつもりでした」

何を言うのだろうかと思えば、漫画などでしかお目にかかれないようなセリフを瑠々が口走った。

無論、そんな事は望んでいないので俺は「やめてください」と速攻で断る。

最早《もはや》、ふざけているんじゃないかとさえ思ったくらいだ。

「ただ、お願いしたい事がないわけじゃないです」

「やっぱりいかがわしいご奉仕ですか？」

「あんた、ふざけてるだろッ!?」

「いえ、ふざけてはいません！」

「それはそれで困るんですが……まぁいいか。水瀬、そんじゃあとの話は頼むわ」

堂々と言う瑠々があまりにも本気に見えるので俺は困ってしまう。

一体何が彼女にそう思わせるのかは知らないが、とりあえずいかがわしい話から離脱させるべきだろう。

どうしてか瑠々からはよくない匂いがする。そう思った俺はここまで様子を見守っていた明澄へ丸投げにしたが、明澄も少し嫌そうな顔をしていた。

「千本木さん」

「なんでしょうか」

「この部屋、どう思いますか？」

「えっと……個性的だと思います」

「恐らく配慮されているんだとは思いますけど、それは馬鹿にしているようにしか聞こえないかと……」

「すみません。散らかっていると思います」

「その通りです。つまりですね、千本木さんには今からこの部屋の片付けを手伝っていただきたいのです」

ここまで変なやり取りを挟んだが、瑠々からの正直な回答があって、ようやく話は本題に入った。

瑠々にとって今日のメインは謝罪して許してもらう事だろうが、俺と明澄にとってそれは些《さ》細《さい》な事でしかない。

この散らかり放題の部屋を、人が住んでいい場所へと戻す作業が今日の目的なのだから。

「どうでしょう？　朱鷺坂《ときさか》さんと話し合った結果、千本木さんに片付けを手伝っていただく事で今回の件を終わらせる、という事になったのですが」

「そ、そんな事でよければぜひっ！　ただいま、会社に連絡を入れますので少々お待ちくださ い！」

二日前、夕食の時間に二人で話した事を瑠々に告げると、彼女は即答で受け入れた。

身体を差し出すとまで言う瑠々にとって、部屋の片付けを手伝うくらいどうという事はないのだろう。

会社に許可を求めるべく、瑠々はすぐにスマホを取り出して連絡を取り始めた。

「……上司から許可を頂きました。存分に働けとの事です。コキ使ってください！　ボロ雑巾のように！」

「……決まりですね。すぐにでも始めましょうか」

数分で上司からの許可も取れたようで瑠々は敬礼しながら伝えてくるのだが、どうにも生き生きとしているのは何故だろうか。

やはり嫌な想像しか浮かばないので、俺はその事を思考から排除しておいた。

当然のように明澄もスルーしていたから、考えている事は一致しているに違いない。

先が思いやられる。

「任せてください。こう見えて、マゾヒストお化けモップと呼ばれているんです！」

「こう見えても何もそうとしか見えませんが？　せっかくの毛量を大事にしてやれよ！」

先が思いやられる、と思った矢先。

わざわざ核心に触れなかったのに、ついに瑠々が口走った。

俺の奥底、かんきつとしてのツッコミ魂が目覚めて、大いにリアクションをしてしまった。

明澄は見慣れているのか、冷めた目で「相手にするだけ無駄ですよ」とゴミ袋を広げていた。

「そうだな。切り替えよう。うん。……やっと、この部屋が綺麗になるもんな」

「では早速、物を捨てるところから取りかかりましょう。恐らく半分はゴミになりますね」

ようやく片付けが始められるという事で、俺が感慨深そうにしたが、明澄からそんな見解が提示された。

「え!?」

「え？」

「？？？」

唖然《あぜん》とする俺に対して戸惑う明澄。何も分かっていない瑠々。

三者三様の反応を見せながら、波乱に満ちたお片付けタイムが始まるのだった。


「要《い》ります！」

「要りません！」

「要ります！」

「要りません！」

俺の身バレ事件に幕を引き、三人で部屋の大掃除が始まった。

今回主導した明澄がまずは断捨離《だんしゃり》から、と指示を出し、ようやく部屋が綺麗になっていく
——はずだったのだが、早速思わぬ障害が片付けの邪魔をしていた。

始まってすぐの事。俺と明澄の言い争いが勃発したのだ。

理由は単純で、俺が貧乏性で物を捨てられない人間だった事。

それにより、常人ならさっさと捨ててしまう物もどこかで使えそうだとか必要になりそう、などと言い出してなかなか捨てようとしなかった。

片付けは断捨離から始まり、残った物を仕舞っていくのが基本。

なのに、彼の貧乏性のせいで大掃除は断捨離のステップから一向に進んでいないのだった。

「なんで、ガチャガチャのカプセルが必要なんですか！」

「輪ゴムとか画鋲《がびょう》とか入れるのに便利だろ」

「でも、使わないまま置いてあるじゃないですか。それも沢山。残すのは一つくらいにしておきましょう。ね？」

「でもなぁ、壊れてもないし。もったいないだろ？」

「あなた、もったいないお化けにでも取り憑《つ》かれてるんです？」

たかだか数百円のガチャのカプセル一つでこの揉め具合なのだから、明澄の苦労は尋常《じんじょう》ではないだろう。

もったいない、もったいない、と言うばかりで片付ける気があるのかと思うほど、庵の物に対する執着心は凄《すさ》まじかった。

今処分に値すると思っているものといえば、学校の配布プリントや使えなくなった充電コードくらいで、明澄は頭を悩ませていた。

「てか、全部必要だと思うんだが？」

「は？」

そう俺がぽつりと言えば、明澄はニッコリしたまま首を傾げて怒った。

そりゃあ怒りたくもなるだろう。

「もういいです。こうなったら配信で先生の部屋が汚部屋《おべや》だってバラしますから」

「ま、待ってくださいよ！　それは違うじゃないですか！」

こうなったら奥の手を使うしかない、と明澄は俺を脅し始めた。

もしバラされたら、家事が出来るイラストレーターの地位は一気に失われる事だろう。

狼狽《うろた》える俺の口調は平身低頭で、下手《したて》に出る三下のようなものになっていた。

「このままじゃ三日かかっても片付きません。あなたもバラされたくはないでしょう？」

「そもそも、どうやってバラすんだよ。リスナーからしたらお前が俺の部屋の事知ってるのおかしいし」

「かんきつ先生が間違って部屋の写真を送ってきたとでも言えばいいだけです」

「き、汚ねぇぞ！」

「汚いのはあなたの部屋でしょう？」

脅しの手を緩めない明澄に反論しても一瞬で撃退されてしまう。

もう反撃の手立てなどロクに残っていなかった。

「で、どうするんですか？」

「お前も貧乏性にならないか、と朱鷺坂は勧誘してみる」

「真面目《まじめ》に」

「新しい部屋を契約する、と僕はキメ顔でそう言った」

「はい。では、今からバラしますね」

「すみません、捨てます」

「よろしい」

ふざけたら案外許してくれるのではと思ったが、明澄は一つも取り合わなかった。それどころか、ゲリラ配信を敢行するべく、部屋から出て行きかけたのだから俺は従わざるを得ない。

ようやく俺は物を捨てる事を決意し、それからはまるで戦死した盟友を見送るかのように、惜しんでゴミを捨てていた。

「まるで母に叱られた子どものようですねぇ。バーチャル世界だと逆なのに……あぁ、わたしも叱られたい」

そして、その光景を部屋の端から眺めていた瑠々は、ぼそりと歪んだ願望を呟くのだった。


「ふぅ……。ようやく綺麗になってきましたね」

「あぁ。ゴーフル缶、サランラップの芯、Ａｍａｚ◯ｎの箱……」

「……はぁはぁ、疲れました♡」

半日かけた大掃除は大詰めを迎え、物が溢《あふ》れていた部屋の床は見晴らしがよくなった。

汗を拭《ぬぐ》う明澄は見違えた部屋を見て喜び、俺は別れたゴミに思いを馳《は》せ、もう一人は何かの達成感を得ていた。

「さて、ラストですよ。残りはこの一角だけです」

「もういっそ全部捨てるか」

断捨離を敢行したせいで精神をすり減らした俺は、やけっぱちに零した。

大掃除も残すところ断捨離を生き延びリビングに集められた物を仕舞う作業だけ。

このパントリー付きの広い2LDKの部屋を思えば、半日でよくここまで漕《こ》ぎ着けたものだ。

それも優秀な家事スキルを携えた明澄の苦労があってのものだろう。

「やけくそにならないでください。もう断捨離は終わってますから、あとは仕舞うだけじゃないですか」

「冗談だよ。アルバムとか重くてダルいんだよな」

「確かに凄い量のアルバムですよねぇ。何かの資料なんですか？」

アルバムを手に取る瑠々が言うように、リビングにはかなりの数が積まれていた。

まるで家庭を持っていたとでも言わんばかりのアルバムの数々だ。

「いえ、家族のやつですよ」

「そうなんですね。でも、何故朱鷺坂さんはわざわざアルバムを手元に？」

「親父と母さんが捨てるって言ったからだよ。これは水瀬でももったいないと思うだろ？」

困ったような表情で経緯を説明すれば、「え……？」と、明澄はかなり驚いた様子で、アルバムから俺へと視線を上げる。

普通アルバムは捨てるものではないし、明澄がそんな反応を示すのも無理はないだろう。

瑠々もどう言っていいのか分からない、といった表情で言葉を発さなかった。

「情緒とかないんだろうなあ。そういう親だし」

「すみません。余計な事を聞いてしまいましたね」

特に感情を出さずに口にしたつもりだったが、明澄と瑠々は戸惑うばかりだった。明澄に至っては地雷を踏み抜いたと思って、恐る恐る謝ったくらいだ。

「ん？　いや別に大した事じゃないって。ウチの親は割と変だし、こんなの普通だぞ」

一方の俺は、何か気まずくなるような事だったか？　と不思議そうな表情をしていて、三人の間で意思疎通が出来ていないようだった。

「ま、まぁ。考え方は人それぞれですしねぇ」

「ええ、そう思います。さぁ、もう片付けてしまいましょうか」

瑠々が波風を立てないように立ち回りつつ作業を再開すると、明澄もそれに倣《なら》って再び手を動かし始めた。

終盤にやや気まずさを交えたが、そうして大掃除は終わりへと向かって行った。


「お二人とも、今日はお疲れ様でした」

「千本木さんもお疲れ様です。おかげで助かりました」

「いえいえ。水瀬さんもなかなかのお手際でしたし、とても良いコキ使い方でした♡」

「水瀬は流石だし、千本木さんも事務仕事をなさるだけありますね」

紆余曲折あったものの、無事に片付けが終わると、俺と明澄、瑠々の三人は俺が大量にストックしてあるバ〇リースを片手に労い合っていた。

なんと言っても今日のＭＶＰは明澄だろう。俺の貧乏性に立ち向かい、変態《瑠々》をうまく扱って汚部屋ともいうべき荒れた部屋を半日で片付けたのだから。

「とりあえず二人のおかげで綺麗になりました。本当にありがとうございました」

「まさか、かんきつ先生が物を捨てられない人だなんて思いませんでしたよ」

丁寧な物言いで頭を下げる俺に、わざわざかんきつ先生呼びで明澄がチクリと言う。

「うっ」

「ほんと、全部必要とか言い出した時はどうしようかと」

「すまん」

あれを思い出して若干怒りを見せる明澄には何も言い返せない。

相当迷惑をかけた自覚があるのでバツが悪すぎて謝るしかなかった。

「まぁまぁ。人間が暮らせる部屋になったしよかったじゃないですか。というわけで、今日はそろそろ失礼しますね」

二人を宥めつつ、瑠々は腕時計を見やりながら立ち上がった。

もうすっかり月も出ているし、会社に戻るには少し遅いくらいだろう。事の発端は瑠々だとはいえ、それでも付き合ってくれた事には感謝したかった。

「あ、お疲れ様でした」

「お疲れ様です」

俺と明澄が会釈して、その場で瑠々を見送ろうとする。

「あれ？　水瀬さんはまだ帰らないんですか？」

「あ……いえ、私も帰ります！　朱鷺坂さん、それではっ」

普通であれば明澄も一緒にお暇《いとま》するはずだから、瑠々にとって居座り続ける明澄の姿はさぞ不思議な光景に映った事だろう。

しかし、俺に夕食の世話になる予定だった明澄には、ここから去るという意識がなかったらしい。

疑問符を浮かべた瑠々によって、ようやく明澄が慌てて帰りの支度を始めていた。

「お、おう。じゃあな」

まさか夕食を世話になっているとは言えないし、余計な事は漏らさないほうがいいだろう。

ここは一度自宅に戻る素振りをしておくべきだ、と明澄とアイコンタクトを交わす。

「あの、また後で……」

去り際に明澄がそっと耳打ちをしてくる。

瞬間、俺の周りに甘い香りが漂う。明澄の長い髪や吐息に耳元がくすぐられ、反射的に肩がびくついた。

思いも寄らない明澄の行動に、俺は「ああ」としか気の抜けた返事しか出来なかった。

そう俺が腑抜けている事も目にせず、それからすぐに彼女は瑠々の後を追っていった。

「そういうのやめてくれよ……」

三日前のようにまた不意にドキっとさせられた俺は自分の鼓動の音が聞こえないふりをして、キッチンに向かう羽目《はめ》になった。

第3章　遅刻魔な聖女様の盟友

大掃除を敢行した週末が明け、以前とは比べ物にならないほど部屋は綺麗になり、スッキリとした月曜日を迎えた。

「テストとか滅びないかな」

ただ、今日からは休み明けのテスト期間になる。

仕事にテスト、配信と、忙しくなるだろうからまた散らかしてしまわないか心配だ。

そう思うくせに、俺《いおり》はテスト勉強の際に引っ張り出してきたプリントなどを散乱させ文句を言いながら家を出た。

明澄《あすみ》に見られたら何を言われるか分からない光景だ。

「おはようございます」

先日のように部屋を出た途端、鈴を転がすような声がマンションの廊下に響いた。

以前とは違って、その声にはどこか温かみがある。

寝ぼけ眼《まなこ》をこすりながら「水瀬《みなせ》か。おはよう」と俺は挨拶を返した。

「朱鷺坂《ときさか》さん、目の下にクマが出来てますよ。夜の配信大丈夫ですか？」

明澄が自分の目の下を指差しながらクマの存在を教えてくれる。

「徹夜型詰め込みテスト勉強の副作用でな。いつもの事だから大丈夫だ」

これは、テスト勉強と仕事を両立しようとすれば自然発生するものだ。

今日は夜から配信があるのだが、俺と明澄だけでなくもう一人が絡むので休む訳にはいかない。

愛想笑いを浮かべて気丈に振る舞っておく。

「コンシーラーでもお貸ししましょうか？」

「それ使うくらいなら、いっそ歌舞伎みたいに隈取《くまどり》でもしていってクラスの奴らの集中力を削いでやろうかな」

「なんて迷惑な。まぁ、冗談が言えるならまだ元気そうですね」

明澄の気遣いに俺が冗談で返せば、明澄は軽く苦笑した後、「では、また夜に」と、会釈してエレベーターのほうへ消えていった。

通学路は同じだが、明澄を追いかける事はしない。

クラスメイトだし共通の話題もある。本来なら駄弁りつつ一緒に登校してもいいのだろう。ただ、聖女として名を馳せる明澄と平凡極まりない俺が急に仲良くしていたら、それはもう目立つ事に違いない。

邪推されても面倒だから、外ではある程度これまで通りにすると、二人の間で決めている。それでもマンションでは何気ないやり取りが出来るようになったし、これも身バレのおかげかと思えば案外悪くないかもしれない。

そう思いながら俺は階段を使って通学路に向かうのだった。

「やぁ、おはよう」

「おはよう。クソイケメン」

教室へ辿り着くと席に座るなり、話しかけてくる男子生徒がいた。

沼倉奏太《ぬまくらかなた》——俺の唯一と言っていい同性の友人だ。

爽やか系イケメンというのが第一印象で、特に話題にもならない俺とは対照的な存在だろう。

友達になるなんて思ってもいなかったが、話してみれば意外と趣味が合って、いつの間にか友人になっていた。

しかし、その合った趣味がＶＴｕｂｅｒ関連というのは、立場的に複雑なところだが。

「眠そうだね」

「そりゃ眠いからな。寒いし」

「寝たら死ぬよ？」

「ここは雪山か。いや、寝たら今から付け焼き刃出来ないし確かに死ぬかもな。まぁ、テストで死んだら骨は拾ってくれ」

「ああ、それは任せて。うちの犬も新しいオモチャに喜ぶだろうし」

「おい、お前の倫理観はどうなってるんだ？　テストより道徳の勉強が必要そうだな」

「うちの故郷だと普通だけどね」

「お前の実家どこだよ。ゴッサム○ティとかロス○ントスでもそんな事ねぇよ」

今ではこうして軽口や冗談を言い合ったりして休み時間を消費しているのだから、第一印象も当てにならないものだ。

このクラスにおいて明澄と並んで人気者だし、奏太の周りを俺以外のクラスメイトが取り囲んでいる事は珍しくない。

明澄は男子と女子半々、奏太は男子多めといった具合に人が集まってくる。この男女の比率に関しては、奏太が彼女持ちというのがあるのだろう。

クラスで陰キャの地位を確立している俺は、奏太以外とはあまり話さないので、奏太と居る時ですら同級生たちは寄ってこない。

だからなのか、気が合う事と人避け的な意味合いでもこうしてよく絡んでくる。

一方、明澄にはそういった存在が居ないのか、テスト直前という事もあって、多くのクラスメイトに群がられていた。

「ねー、水瀬さん！　数学教えて！」

「あ、待て！　一時間目の英語が先だろ」

「まだ終わってないプリント見せて欲しいんだけどぉー、駄目？」

「そうだ、テスト期間終わったら新年会しよーぜ」

迷惑、とはこの事だろう。

純粋に頼りに思っているのかもしれないが、いくら成績優秀といえども多少は明澄にも気を使うべきではないか。中には明らかに遊ぶ気満々で近寄っている者もいて呆れるほかない。

テスト前に優等生に縋《すが》ったり、何かにつけて聖女様と仲良くしたい気持ちは理解するが、少し自分勝手な気がして俺は眉を顰《ひそ》めた。

「水瀬も断ったらいいのにな」

「それをしないから聖女様なんだろうね」

「都合がいいから、だろ？」

「厳しいね、君は」

「お前も水瀬も優しすぎるんだって。都合がいいやつは後が怖いぞ」

俺が群衆へ渋面《じゅうめん》を向けているが、同じ境遇にありそうな奏太はそうしなかった。

優しくて勉強も出来るし性格も容姿も良いとくれば、異性同性ともにモテるのも頷ける。

そんな二人の良いところを認めつつも、自身の経験上から奏太に忠告しておいた。

「けど俺たちもそろそろ勉強しないとな」

「俺は冬休みに散々したし、もういいよ。水瀬さんが断らないのも自信があるからじゃないかな」

「この優等生共め」

要領がいいので成績は悪くないが仕事に追われる身だけに、一夜漬けで挑む俺にとって、テスト前に教科書やノートを読み込む事は不可欠だ。

悪態をつかれた奏太が「それは君もだろう？」なんて返しくるけれど、俺はただ要領がいいだけで、しっかり予習復習する彼のような優良さにはない。

だから余裕なんてないし優等生でもないから、俺は彼らを羨ましく思って少しだけ明澄のほうを見やった。

すると、明澄と目が合う。

クラスメイトだし、目が合う事自体不思議ではない。

目が合っても何事もなかったように視線を外すし、打ち解けてからは会釈や目を瞑《つむ》るだけの挨拶をされるくらいなのだが、今日は少し違った。

いつもは穏やかな瞳や表情をしているのに今日に限っては厳しめで恨めしそうな——そして、どこか羨ましがるような雰囲気を明澄から感じたのだ。

(なんだ?)

「どうかした?」

「いんや、なんでも」

「なるほど。朱鷺坂君も聖女様に教えてもらうかい?」

目を向けた先がバレたようで、ははーんと奏太がうざめな顔を寄せてきた。

「あそこに飛び込むつもりはないな。だからお前が教えてくれ」

「そう?　なら、手取り足取り教えてあげよう」

「キモい」

意味ありげな明澄の視線に、どんな意図があるのか気になるところだが、奏太に茶化されてしまって有耶無耶《うやむや》になる。

考えても仕方ないな、と俺は優しい友人に講義をしてもらう事にするが、俺には未だ聖女様から不思議な視線が送られ続けていた。

「やーっと終わった。疲れ死ぬかもしれん」

「まだ一日目だけどね」

テストが終わり放課後になると、俺と奏太はだらだらと歩きながら自宅へ向かっていた。

休暇明けの身体にテストというのはなかなかに堪えるものだ。残り二日はこれが続くのかと思うと、疲れがどっと増した。

「初日からテスト対策助かったわ」

「こっちも美術の課題ありがとうね」

友人らしく互いに長所や得意な分野で助け合って、俺たちは冬休み明けを乗り切ろうと頑張っていた。

特に俺はイラストレーターでそれも神絵師などと言われるプロだ。奏太には正体を明かしていないが、バレない範囲で技術力を活かしつつ彼の美術課題などをよく手伝っている。

普通の高校生である奏太にとって、絵がうまい俺は頼もしい存在だろう。

ちなみに俺の芸術科目の選択は書道だ。

美術だと何かの拍子にイラストレーターだとバレるかもしれないし、書道ならほどほどに美術センスを活かせるだろうと思って選んでいた。

悲しい事に、今のところ全く活かされていないが

「んじゃ、こっちだから」

「お疲れ様」

学校から五分ほど歩いたところで、住宅街に差し掛かり十字路で奏太と別れた。

俺の自宅はここからさらに一〇分ほど歩いたところ。一人になった俺は市街地を抜けて閑静な住宅地へと出る。

自宅付近まで帰ってくると、行きつけのコンビニに通りかかった。

温かい飲み物やテスト勉強用の栄養ドリンクを求めて吸い寄せられるように俺は足を運ぶ。

そして、偶然にも店先で、ほぼ毎日出会う銀髪の少女を見つけた。

「あ。今、お帰りですか」

何か言う前に先に明澄が声をかけてくる。

既にコンビニで買い物を済ませて来たらしい明澄は、両手を温めるようにホットコーヒーが入ったカップを持っていた。

「おう」

「お昼ご飯ですか？」

「いや、温かい飲み物と栄養ドリンクをな」

「やはりお疲れ気味なんですね」

朝にやり取りしたように俺の目の下にはまだクマが残っていて、栄養ドリンクと聞いた明澄は心配そうな表情を浮かべた。

「ま、そのためのドリンクだしな。配信するのも今日くらいだから大丈夫だよ」

テストはあと二日だからそれを乗り切ってしまえばなんとかなるし、そもそも普段から勉強していない自分が悪い。

俺は朝と同じように気丈に振舞った。

「そういえば、いいものがありますよ」

これ食べますか、と明澄は手に提《さ》げていた袋から板チョコを取り出した。

「チョコ？」

「ええ。疲れた時は甘い物と言いますし、糖分補給は大事ですからね。よろしければどうぞ」

夕食を世話になっているお礼もあるのだろうか。明澄がチョコの銀紙を剥《は》いで俺へ向けてきた。

どうやら食べろ、という事らしい。

「さんきゅ。貰っとくわ」

断る理由もなければ気遣いを無下《むげ》にするのも悪い。俺はありがたく貰っておく事にして、一口かぶりついた。

「どうです？　美味しいでしょう？」

「あー染みるわ……って、あ」

ミルク入りらしく甘めだが、その後にほんのりとだけチョコレート特有の苦味が舌を襲う。

そんな優しい甘味は疲れた俺の味覚によく効いたのだが、彼は少しだけ選択を間違えた事に気づく。

差し出されたチョコに直接口をつけてしまったのだ。

二人には身長差があるので、チョコは上を向けて差し出される。それが俺からは口許に向けられているように見えて反射的に齧《かじ》ってしまった。

俺が少しだけ固まる。

「あれ？　苦かったですか？」

「悪い、直接口をつけちまった」

「あー……なるほど。ふふっ、大丈夫です。私が割って渡せばよかっただけですし、別になんともないですよ」

慌ててすぐに謝るのだが、明澄は何ともなさそうに笑いながらチョコを口にしていた。

気にしてない、とアピールしたかったのだろうが、咀嚼《そしやく》しているうちに段々と明澄の顔は俯《うつむ》いていく。

しかし、明澄は黙って誤魔化すようにもぐもぐと口を動かしていた。

「……気にしてんじゃん。というか、口を付けたとこを割ればよかったんじゃ……」

そんな明澄を見て俺も恥ずかしくなって、思わずボソッと指摘する。

さっきまで甘かったチョコの味なんてもう分からない。

「言わないでくださいっ！」

「新しいの買ってこようか？」

「い、いえ、大丈夫ですから！」

店内へ向かおうとするものの、既に口にしてしまった今、新しいのを貰っても仕方がない。

明澄は少し無理に笑いながら俺を引き留めた。

「……あの。では夜の配信、よろしくお願いします。それまでお身体を休めてくださいね」

「ああ。そっちもな。気をつけて」

「……はい」

そうして互いにいそいそとしながらその場を後にする。

二人ともに取り繕《つくろ》うけれど、それは年頃の男女にとって無視できないハプニングだ。

マンションに向かう明澄の耳は少し赤くなっていて、俺の口の中には今頃になって再びチョコの甘さと苦味が押し寄せてくるのだった。

＃　＃　＃

「遅いですね」

「遅いな」

午後八時半頃。

俺たちはそれぞれパソコンの前で、もう一人のコラボ相手を待っている状態だった。

既にテスト勉強や仕事を終わらせているので、あとは配信さえしてしまえば忙しさから解放されるのだが、待ち人現れず、といった感じで二人はほとほと困り果てていた。

とはいえ、最初通話を繋いだ時には昼間の気まずさが残っていたから、この待ち時間の間にそれがすっかりと消え失せた事もあってありがたくはあった。

もう一名の声がスピーカー越しに聞こえたのは、配信まで一〇分を切ったところだった。

「どうもー。お二人さん、遅れてごめんねー」

そんな腑《ふ》抜《ぬ》けた声には、悪びれる様子はなかった。

「あの、放送まで一〇分もないのですが？」

「まぁまぁ、零七《れいな》も忙しいんだろうし」

ようやく現れた相手に明澄が冷たいトーンで咎《とが》めるので、俺がフォローしておく。

「ごめん、寝てた。てへぺろ」

「てめぇ……」

ふざけた口ぶりに庵が手のひらを返して怒る。およそ配信間近の会話とは思えなかった。

一定の信頼があるといえば聞こえは良いかもしれない。

今日のコラボ相手は九重《ここのえ》零七といい、明澄とは事務所の同期生だ。

リアルでは小中学時代の同級生らしく、明澄の親友ともいうべき存在で、庵が交ざってよくコラボをする仲間だった。

薄青の髪に眠たげな表情をした小柄な少女で、ゲーム好きの美少女オタクという設定のＶＴｕｂｅｒだ。チャンネルの登録者数は五〇万人を超えていて、デビュー時期が近いライバーの中では明澄とツートップを張る売れっ子である。

「最近寝てなくてねぇー。ま、進行表には目を通してるから」

「それならいいですけど。あと、倒れないようにちゃんと寝てくださいね」

「俺たちも人の事言えないけどな」

「ふふっ。ですね」

人気配信者とイラストレーターの三人は、はっきりいって年始の今はかなり忙しい。

零七も学生だし、時期的に大方テスト関係で寝不足なのだろう。

「あれ？　二人とも、何かあった？」

「何かとは？」

「う〜ん、なんだろ？　でもなんか距離感近くなったよね」

「勘違いじゃないか？」

鋭い。零七はのんびりとして鈍感そうだが、かなり目ざとい少女だ。

全部バレているんじゃないかと思うほどの鋭さを感じた。

とはいえ、まさか二人がお隣同士で配信をしているとは思うまい。

「もしかして、ヤッた？」

「下品ですよ」

包み隠す事なく最低な事を零七が平気で口走るが、明澄は慣れているのか薄い反応を示す。

「お前一応アイドルだろ」

「はっ、そんなものはとうの昔に捨てたわ」

俺が呆れながら窘《たしな》めるも、彼女はさらに吐き捨てるように言い放つ。

あけすけな物言いだが、零七の愛らしい見た目とはギャップがあって、これがまたファンからのウケが良い。

零七とは気を許せる関係だからこそ、俺たちも彼女の個性と認めて受け入れているのだ。

三人の関係性を簡単に言うなら、悪友みたいなものだろうか。友人が少ない俺にとってはちょっぴり貴重な関係だ。

「まったく。昔のあなたはどこに行ったんですか……って、そろそろ時間ですね。始めましょう」

「あいよー」

ロクに打ち合わせもせず駄弁《だべ》っている間に配信の時間を迎える。

明澄は二人で清楚コンビとして走り抜けてきた配信初期の頃を思い出し、悲しげに言いながら配信開始のボタンを押すのだった。

時刻は午後九時。

氷菓《ひょうか》、かんきつ、零七によるコラボ配信が始まろうとしていた。

：待機○

：待機まる

：わくわく
：待機。
：待機〇
：待機まる
待機者を既に一万人近く抱え、流れるコメントはいつもより量を増していた。
本配信の待機時におけるお馴染みのコメントが流れる中、九時になってから一五秒ほどたった頃。
ロゴだけの明るい背景から切り替わり、画面には銀髪と薄青の美少女が一人ずつと金髪の青年が映し出された。
「はい、こんうかー。というわけで始まりました、K３のお悩み相談室の時間です！」
「「うえーい！」」
：きちゃ～
：こんうかー
：きちゃー
：￥10000　K3久しぶり♪
：こんうか
：きちゃ～
凛《りん》としたよく通る声が響くと、配信のコメント欄が一斉に沸き始める。

その速度たるや目では追いつけないほどの速さで、スパチャなども飛び交い、三人の人気度合いが窺えた。

「三人で集まるのは久しぶりですね」

「ホント久しぶりのコラボだよな。前回はもう二ヶ月くらい前か」

「あ、ママ。ちょっと声が大きいらしいです」

「マジで？　マイクの調整がね、まだ下手なんよ。俺、配信者じゃないから」

「先生、いつ配信者になるのぉ？　ずっと待ってるよ」

「俺はならないって。絶対事故るし」

配信は三人の緩いトークから始まる。かんきつをママと呼ぶのが明澄で、先生と呼ぶのが零七だ。

ちなみにコラボネームであるＫ３は、氷菓、かんきつ、九重零七と三人の頭文字から取ってあった。

「パソコンの画面とかメッセが映るとまずいからねぇ。あと、切り忘れは怖いよ。男の声が聞こえるとか、地声終わってるとか、掲示板のスレで言われたりね」

「恐ろしすぎるだろ。やっぱ配信者怖ぇわ」

「もうほとんど配信者みたいなものですけどねぇ」

「自分のとこじゃ配信やんないだけでな」

「それと、はよ動いてもろて」

「あー、それはね。今、企画進行中。２Ｄモデルのお披露目《ひろめ》はどこかのチャンネルでするわ。多分、ここになると思うけど」

「ま？」

「あら、楽しみですね。やるなら、ぜひうちでやってくださいな」

一応ＶＴｕｂｅｒという括《くく》りに入る庵だが、自身のチャンネルでは配信をしていない。

仕事や学業があって、週に一、二回ゲストとして誰かの配信に出現するのが限度なのだ。

ただ、トーク力やリアクションの良さから、コラボ先のリスナーや配信者にライバーになれ、と毎回せがまれるほどの人気っぷりではあったりする。

「まぁ、そろそろお悩み相談にいきましょうか」

「ほいほい」

「新年一発目はエグそうだな」

「ええと、相談者ネームは……」

明澄《氷菓》がお便りを読もうとしたところで、彼女の動きと声が止まる。

何が起きたのか、一瞬二人やリスナーの脳内にはてなの記号が浮かぶ。

そして、

「ちょっと待っ、はっくちゅんっ！　す、すみません、ミュートが……！」

聞き苦しくならないよう明澄はミュートにしようとしたが間に合わず、実に可愛らしいくしゃみを一万人以上のリスナーに披露してしまった。

「助かる」
「助かる」
そして、二人は一様にニヤッとした声で、この界隈《かいわい》でお決まりのリアクションをしていた。
：助かる
：¥5000　はい、くしゃみ代
：可愛い！
：¥2400　助かる
：くしゃみかわいい！
：¥10000　くしゃみ助かる
：助かる
：¥200　くしゃみ代
また、コメント欄には零七たちと同様のリアクションが起き、彼女のくしゃみに対して今日一番の速度で大量のスパチャが飛びかった。
ちなみに『助かる』とは、一見需要がなさそうなものでも、ある種の需要を見出した時に使われるネタで、VTuber界隈では主にくしゃみに対してよく見られるコメントだ。
可愛い↓癒された↓需要が満たされる↓助かる、といった流れが分かりやすいだろうか。
そうして助かったリスナーによって、『赤スパ』と呼ばれる一万円以上のスーパーチャットまで飛んでくるのがVの世界である。

「風邪には気をつけてよ。インフルとか流行《はや》ってるし」

「下校中にちょっと暑くなっちゃって、コートとか脱いだからですかね？」

「え、今日かなり寒かったけどな？」

「わ、私は暑くなったんですっ！」

(まったく、誰のせいだと……いや、私が悪いのですが)

「まぁまぁ。地域によってはね」

どうやらコンビニで出会った後、明澄は防寒着を脱いで冷えてしまったらしい。

俺からすると凍えるような寒さだったから、暑くなるというのがピンとこなかった。

不思議だ。

「と、とにかく、お便りにいきましょう！　えーと、相談ネームは『減税メガネ』さんです」

明澄は恥ずかしそうにしながら話を戻し、名前を読み上げる。

「お、英雄かな？」

「うん、早く減税してもろて。確定申告のたびに嫌になるんよ」

読み上げられた奇抜な名前を二人は揃ってイジった。

この中で氷菓が一番トーク力があると言われているが、俺は前述したようにもちろんのこと、
零七も人気ライバーらしくコメントやツッコミなどがうまい。

適度にリスナーをイジったりする事で盛り上げていく。

「では、相談内容を読みますね」

『皆さん、こんうか。あけましておめでとうございます。今日は大事なご相談があって、お便りを送らせていただきました。というのも私、百合《ゆり》の間に挟まってしまったのです。付き合っている彼女には以前より好きな女性がいたようで、現在進行形で逢瀬《おうせ》を重ねている事が発覚しました。彼女を問い詰めると、他にもそのような女性がおり全員承知で関係を築いているとの事。何故男は私だけなのかと聞けば、彼女たちと家族をもうけるには私が必要だという事でした。質《たち》の悪い事に私の事も愛していると。それでいいのかと、私は悩んでいます。助けてください。このままでは枯れてしまいます』

「だそうです」

「終わってるって！　新年からパンチ強すぎだろ。何もあけましておめでたくねぇよ」

「ある意味おめでただけどねー」

「減税する前に、この人の大事な何かが減ってるんだよなぁ」

「うん、挟まったというかハメられた感じだもんねぇ」

「なんともコメントしづらいですね……」

：エグくて草

：最後切実すぎる……

：これもう、ＪＫと絵師に相談するってレベルじゃねぇぞ！

：百合の間に挟まれてて草
：百合の園　挟まるお前に　明日は無し
：よく死人が出なかったな
：ハーレムは男の夢だがこれはきついぞ
：ある意味幸せだろうがよ！
：終わってて草草の草

内容のあまりの重さというか奇怪さに、三人とも絶句しそうになるほど。

黙ってしまうと放送事故なので、無言になる事はないのだが。

コメント欄もドン引きと言っていいくらいの反応で、ややネガティブなものとおかしな状況を楽しむコメントが羅列されていた。

これはジャブやボディブローなどではない。

新年一発目のお悩み相談室は、ストレート級の威力を宿した相談から始まるのだった。

「これは手に負えないだろ。うまく収まったとて破綻する未来しか見えないが？」

「無理ぽ」

「うーん」

新年早々、難問中の難問ともいうべき相談内容に三人は頭を悩ませていた。

明らかに詰んでるような状況で、何をアドバイスすればいいというのか。

それにしても初手から持ってくる話題ではないのだが、氷菓が選んだのは配信やコメントが盛り上がると思っての事だろう。

高校生三人にとって荷が重すぎるし人生経験が足りないわけだが。

「純愛かと思ったら裏で愛人作られてたでござる、はきついよ。相手が男でも女でもね。私にゃ無理だ。先生、何かコメントよろ」

「……えー、検討に検討を重ね、検討を加速させて参りますとともに、緊張感をもって対応し注視していく事が大切だと思うな！」

「どっかの国の総理を憑依《ひょうい》させないで！　諦めないで！」

「と、とりあえず何か考えましょう。三人寄れば文殊《もんじゅ》の知恵といいますから」

「いや、文殊様もお手上げだと思うよ？」

最早、諦めムードの庵と零七。

自分が持ち込んだ事もあって、氷菓は二人に思い留まらせようと頑張っているが、今になって持ち出した話題に後悔していた。

「もうあれじゃない？　多重影分身の術使うしかないじゃん」

「七代目○影様に指南してもらいましょうかね？」

「というか、もう別れなよ。ねぇ？」

「ただなぁ。人から愛してもらえるなら形はどうであれ幸せなのかもしれんからなぁ」

「文面からは別れる気があるように見えないですからね。私的には、愛の形がどうあっても愛してもらえるなら幸せ、とは限らないとは思いますが、居場所があるだけいいかもと思えるのが質の悪い話です」

「じゃあ、もうひたすらどうにか頑張るしかないかな？」

「無駄に長引いたら逆に丸く収まるかもしれないし、その間にこの相談者の彼女と彼女の彼女たちが丸みを帯びてくるかも……」

真面目に悩んだところでロクな案を思いつきそうになかった三人は、茶化しながら解決策を話し合う。

「もういっその事、医療に頼るしか……」

「「それしかない！」」

そして、ツッコミに回っていた明澄が諦め半分にそうコメントすると、残りの二人が声をあげた。

現代医療は正義だと言わんばかりの勢いだ。あまりおすすめ出来るものではないが、医療技術なら苦難を省略出来る可能性がなくはない。

：気まずくて草
：解決になってる……のか？

：みんな集まって子育てするなら理に適《かな》ってるし、あとは相談者次第か……

：新しい育児スタイルや
：投げやりすぎだけどそれしかないよね
：異次元の少子化対策か？　検討使総理の伏線回収してて草

コメント欄も様々な反応を示していたが、彼女の意見で解決と思っているリスナーは少なくはなかった。

「というわけで、我々の結論は」

「『ひたすら頑張って医療のお世話になって、みんなで幸せに暮らす』」

「です。以上で解決とします」

と、一応解決としておいた。

無論、完全な解決になっていない事は三人とも百も承知だ。そもそも相談者も解決可能と思っていたかも疑問である。

こんな相談を高校生ＶＴｕｂｅｒのお悩み相談室に送ってくる時点で不毛だろう。

二度と送ってこないで欲しい、と三人は切に願うのだった。

「はい、では気を取り直して次にいましょう」

「んじゃ、次はわたしね。えっと『澤ごまドレ』さんから。なんかドリブルが上手そうだね」

『氷菓さん、零七さん、かんきつママ、あけましておめでとうございます。こんうかです。かんきつママに質問です。私はイラストレーターを目指しているのですが、努力が続きません。机に向かうのも嫌になる時があります。どうやったら努力出来ますか？　また、頑張る秘訣、ママはどうなのかお聞きしたいです。学生でプロになったママの事を尊敬しています。これからも頑張ってください』

「ん、先生宛てだね」
「こういうのでいいんだよ、こういうので」
「確かに、ママが普段どうしてるのか聞いてみたいですね」
零七がチョイスしたのはイラストレーターかんきつに対する、クリエイターを目指す人間ならではの悩みだった。
前の相談とは違いお悩み相談室にぴったりなお題といえるだろう。
俺は生き生きとし始めた。
「ま、俺も机に向かうの嫌だよ。面倒くさいもん」
「あークリエイターの人はみんなそれ言うよねぇ。パヤオも言ってたし」
「それに俺が努力してるのは別にうまくなりたいとか、もっと仕事を貰えるようにとか思ってではないし。なんていうか、続けないと怖いんだよな」
：分かる
：はへー
：絵を描くの面倒だよね
：そうなんや
：小説もそう
：パヤオは草

語り出した俺はアドバイスよりも、まず自分の事から話し始める。
その内容に零七はやっぱりそうなんだ、と反応していて、またチャット欄のリスナーも同感らしかった。
恐らく何かしらのクリエイターを志望するリスナーが居るのだろう。
チャット欄での共感も一層高まっていた。
「と、言いますと？」
「サボって下手になるのが怖いんだよな。それにやりたいように生きるために努力してるってのはある。このよく分からない配信活動だか、コラボだかも大事にしたいし守っていきたいよ。だから、生き残る努力はしなきゃいけない、と思ってる」
「ママらしいですね。私もそういうところがあるかもしれません。配信してないとアイデンティティを失った気分になりますし、この居場所は守りたいですから」
：マジでこれよ
：ママも怖いんだね
：親娘で守っていきたいって一致してるのてぇてぇやん！
：ほんとそう
：下手になるの怖いもんね
：ぜひ、守ってくれ
：配信者もそうなんだ

：無職のオレって……

庵が本音を話すと、氷菓が強く共感していた。

彼女はデビュー時からずっと配信活動が天職と公言しているし、もしかすると性格や生活にまで影響しているのかもしれない、と庵は思った。

だから、食事を作ったり食べたりする時間を削ってまで、頑張りすぎてしまうのかもしれない。

以前までもこうした発言はしていたが、今は見え方が違った。

「二人は凄いねぇ。私は特にないからさ。氷菓に至っては配信モンスターだもんねー」

「あなたはもう少し配信してください。先月、三回しかやってないじゃないですか」

「めんどいもんにー」

：草

：#零七、配信しろ

：配信お化けとサボり魔

：うかまるは休んでくれ

：#零七、配信しろ

：うかちゃんは休め、零七は配信しなさい

お気楽そうに言う零七に、各方面からツッコミが殺到した。

氷菓は病的なまでに毎日のように配信をするし、土日は二回行動なんて普通だ。

長期休暇には三回行動している日もあった。

一方の零七は気が向かないと配信しない。酷いと月数回になったりする。

とても極端な同期コンビとしても有名なのだ。

そして『#零七、配信しろ』という変なタグも生まれていたりする。

「まぁ、活動する回数とか時間はともかく、俺から送れるアドバイスは、とりあえずペンを持ってみて？　って感じだなぁ。やる気ってやり始めないと出ないらしいし」

「それもよく言われますね。心理学でもそういうお話を聞く事があります」

「ドーパミンだっけ？」

「あと、やりたくない時はやらなくてもいいんじゃないか？　休む事も大事だからな。頑張れるからって、頑張らないといけない訳でもないし」

俺は自分の経験や感覚を交えながら相談者にアドバイスを送る。

彼は相当な努力をしているし、神絵師なんて呼ばれるが、手が止まるなんてのはよくある事で、相談者の悩みは俺も通ってきた。

そして、努力を止められないところまで到達してしまったともいえる。

きっと、少し体調が悪いくらいでは頑張ってしまうのだろう。

俺は自分にも言い聞かせるように、休む事を推奨していた。

「そうそう。頑張らなくていいんだよ。でも、世の中って、頑張った最下位は褒められるけど、頑張らなかった二位は咎められるからなぁ。変な話だよね」

「気持ちは分かりますけど、あなたは休んでるほうが多いじゃないですか……」
「ま、休みすぎるのもよくないわな。けど、休めているうちが幸せかもな。フフフ……」
休みは大事だ。だが、休めるうちの話でもある。
その声音に充分な闇を孕《はら》んでいた。
「ええ、ですね。ふふふ……」
「おぅ……神絵師と人気配信者は大変だぁ」
最近、忙しさがピークに達している彼女も同調するが、反対に自分のペースを守っている零七は他人事のように呟いていた。
もしかするとそれなりに人気を集めつつも、気が向いた時にしか配信をしない零七が一番正しいのかもしれない。
:急に闇を見せてて草
:草
:社会人もそうである
:二人とも休んで!
:零七は休めてえらい!
:草
:絵も描いて学生して配信するママはバケモノ
:休んでくれ

：休め

「よし、闇も見せたところで俺の選んだ相談も行こうかね」

「よろしくです」

「はいよ」

「えー、相談ネームは『うかんきつ結婚しろ。金は出す、式場も手配する』さんから。おい、こんな一方的な名前ないだろ!?　思想強くないか？　……まぁいいか」

「いいの!?」

「うちのリスナーは本当に用意しかねませんからね……面白いので私は一向に構いませんが」

：過激派来た？

：それは全リスナーの総意です

：¥30011　ご祝儀です。

：ベビーカーは俺が用意するよ

：¥50000　うかんきつ結婚おめでとう

：素数のスパチャ飛んでて草　割り切れないってかw

「推しと結婚する時代だ。推しを結婚させる時代が来るのかもしれんからな。思想信条は自由だ。言うだけなら好きにしたらいいだろ。じゃあ、読むぞ」

『御三方、あけましておめでとうございます。そして、こんうか。実は零七さんに憧れていて、僕もＶＴｕｂｅｒになりたいと思っているのですが、どういう人に適性がありますか？　あとＶＴｕｂｅｒの生活ってどんな感じでしょうか。また、人気になると中傷されたりアンチが現れたりしますが、どうしてますか。そこはかんきつ先生にも聞きたいです。よろしくお願いします』

「うん。まず見る目を養ってくれ。こいつに憧れるな」

「同感です」

「ひどっ!?　もうそれが誹謗中傷だと思うんだけどねぇ!?」

三通目にはＶＴｕｂｅｒのお悩み相談室に送られてくる内容として、とても相応しいお題が登場した。

俺自身、配信者になるために必要な要素については気になっていた事でもあったので、この相談を選んだ次第だ。

「まぁ、誰に憧れるかは自由として、それでＶになるには何が必要なんだ？」

「お金」

「お金です」

率直に尋ねてみると二人から同じ回答が飛び出した。

そして、ここからは生々しい内容とＶＴｕｂｅｒの実情が二人によって語られていく事になる。

「金かぁ……だよなぁ。マイク、スマホ、ＰＣとかだけでも金かかるしな」

シンプルにお金と答えた二人に生々しいとは言いつつも、俺は概《おおむ》ね同調する。

チャンネルは持っていないものの、それなりの頻度でゲストで配信に出演する身として、俺もそこそこ良い機材を揃えているから結構お金がかかっている。

かんきつの立ち絵はセルフだからタダだが、そうではないＶＴｕｂｅｒはより大変だろう。

「私たちが事務所からデビューした時の投資金額って、かなりのものですからね」

「配信用のスマホとかある程度は会社がやってくれるけどさ。全然お金なかったら多分なれてないねぇ」

「元々、個人でなんとか収入を得ていたのは大きいですからね」

「つまり、お金があればなんでも出来る！　１、２、３、ダー！　ってやつよ」

「嫌なアントニ○猪○だなぁ」

企業、事務所に所属する配信者となれば、ある程度サポートやフォローはあるだろうが、機材等は自分で揃えていくのが基本だ。

個人ライバーの身から事務所に入った二人は、元から少し稼いでいたのが大きかっただろう。また、それぞれに特技があったのも後押しした。氷菓はイラスト、零七は機材や２Ｄのモデリングなどに明るく、どちらの技術もプロとは言えずとも個人でやる分には問題なくやっていけていた。

そのため、この二人は互いに補い合って費用を抑えていたからお金を貯められたというのもある。

そうして企業に誘われ、事務所所属となって今に至るのだ。

「お金の話題はこれくらいにしておくとして。ＶＴｕｂｅｒになりたいのでしたら、個人か事務所所属かでも変わりますね。企業系なら配信経験が必要ですし」

「Ｖの黎明期《れいめいき》なら未経験でも募集しているところはあったんだけど」

「今はあんまりないもんな」

「あとは誹謗中傷《ひぼうちゅうしょう》ですけど、強いメンタルを持ってるとなお良いです」

「アンチコメなんて気にしてたら病むし、周りに凄い人たち多いから自分と比べだしちゃったら病むし。それが原因でやめたＶもいっぱいいるしね。でも気にしないなんてのも無理だけど」

「Ｖは必要なもんが多くて大変だな」

配信者は究極、身一つあればスマホでも始めてしまえる。だが、それほど甘いものでもないのだろう。

明澄はともかく、零七の口振りからするとアンチだったり批判意見、コメントに多少の悩みがあるらしい。

実際、語っている最中の表情はどんよりとしていて、眼は少し死にかけていた。

配信者としてチャンネルの立ち上げを希望される俺はそれを考えないでもないが、やはり配信者として活動するにはハードルが高そうだし、暫くはないだろう。

やるとしたら趣味になるだろうし、それでアンチ行為をされるのも御免だ。そんなものは本業のイラストくらいにしておいて欲しいところである。

「絵師さんもメンタル大変でしょ？」

「まぁな。俺のＤＭ見る？　本当にやべぇぞ。依頼とかに関しては個人、企業問わずタダで描けとか言うやつ本当にいるからな。アンチとか誹謗中傷めちゃくちゃ来る事もあるし」

「うわぁー、やだね。それ、先生はどうしてるの？」

「とりあえず、アンチに対してはこいつより稼いでるわ、って感じでスルーする。あと、俺が絵を描くだけでアンチみたいなロクでもない奴が不快になってんのは楽しいね。普通の人たちを不快にさせたらよくないけど」

「そりゃ凄い精神力だ」

「ママは超合金みたいなメンタルしてますもんね」

：ママさいつよ

：ママ最強ママ最強

：俺も見習いてぇ

：先生のメンタル論だけで本出せる

：言ってることとそれなりにアレだけど真理ではある

：強すぎる、さすがプロ

配信者よりはマシではあるのだが、俺もＳＮＳ上で人気を集めるだけあって、やはり厄介なファンだったりアンチが存在する。

イラストレーターに限らず、ネット上のインフルエンサーはアンチや批判コメントに悩まされていると聞く。そういう意味でメンタルの強い俺はネットで活動するのに向いていると言えるだろう。

向いているだけで誹謗中傷されたい訳じゃないから、配信者になるのを躊躇っているのだが。そして、リスナーたちの間ではそんな彼を敬ったり持ち上げるようなコメントが目立っていた。

こういうコメントばかりなら本当に助かるのだが、そうもいかないのが魑魅魍魎《ちみもうりょう》が跋扈《ばっこ》するネット世界なのだ。

「俺の師匠が勝手に言ってた絵師の十ヶ条というか十戒にな、『アンチは俺たちが殺す、その間に描け』っていう悩める絵師に向けた言葉があるんだよ」

「そういうのいいですね。言葉は強いですけど」

「だな。向こうが刀を抜いてんだからこっちも抜くわな。抜かねば不作法どころの話じゃねぇよ。辞めるか殺すかなんだよ」

「私も変なコメントはBANするし、言い返しはするけど、やりすぎは会社が法的措置とか対応してくれるしねえ。この世界は一人じゃやっていけないよ」

アンチや誹謗中傷に対して三人のスタンスは、かなり似ているようだった。まともに取り合うのも馬鹿らしいし、それだけ心を削られるのだ。零七も言い返すとは言うも、論破したり完全に追い返せる時しかしない。

それくらいでないと配信者はやっていけない、という事なのだろう。

三人とも、少なからず怯えてはいるのだ。

「じゃあ、そんな感じで頑張ってもらおう。うかんきつ結婚おめでとうさん、のタメになってればいいね」

「金とメンタルと配信経験が必要という事で。あと、てめぇ。しれっと勝手に結婚しろから、おめでとうに変えてんじゃねぇよ。既成事実化は違うだろ」

「ごめんごめん。ありがとうにしておくね」

「それじゃ何も変らないんだよなあ？」

「まぁまぁ。結婚はしませんけど、ぜひこちらの世界に来て欲しいですね。もしかしたら、実行させられるかもしれませんし」

あらかた話し終えると三人は相談を打ち切った。

ちらりとコメント欄に目をやると、リスナーたちからの満足したようなコメントが見受けられたので、結構タメになったのではないだろうか。

それから、他の相談もこなしたが、今日はかなり勉強になる話題が多かった。

それだけでなく、配信を通してみると明澄の考え方や事情も鮮明になった。

彼女たちは本当によくやっていると思うし、改めて尊敬の念を抱いた。

そのうえでやはり配信者にはなれそうにもないなと、俺は実感した。

「――そんじゃ、今日はこのへんにしときますかぁ」

「はい、続きはまたいつかのK3コラボという事で」

「今度はゲスト呼んでゲームするか！」

「いいね！　誰呼ぶ？」

：¥3000　お疲れ様！

：おつK！

：面白かったー！

：つぎ楽しみ
：乙！

：¥2690　今北。うかんきつとうとう結婚したんね
：おつかれ！

：K3しか勝たん
：¥5000　3人共楽しかったよ
楽しく配信をしていると時間がすぎるのは早い。配信開始から一時間半ほどが経ちコラボはお開きの時間となる。

最後に次回の配信の話に移ったが、それでもまだ熱は冷めない。

コメント欄のリスナーたちも思い思いに感想をコメントしているが、久しぶりにやる三人の配信の感触は良さそうだ。

身バレした事で配信中ぎこちなくなったりしないか俺は心配だった。だが、コメントを見る限りは変なところもなかったようだし、それも杞憂に終わった。

「次回についてはまた考えましょうか。お二人は宣伝ありますか？」

「ねーな。暫く配信には出ないし」

「わたしは週末にガチャ配信かな。詳しくはツイックスでお知らせするよ」

「では最後は私から。皆さん、月末近くにぷろぐれすの公式チャンネルで新春大喜利大会があります。私たちとママも一部出演してますので、ぜひ見に来てくださいねー。それと、どっかでコラボ配信すると思うので。では締めましょう。せーの」

「「「おつKー！」」」

：絶対見に行く！

：おつK！

：おつうか
：おつKです！

：大喜利大会、楽しみ！

：おつかれー
：今日も良かった
：おつKー
チャンネルの主である明澄が音頭を取って配信を締めれば、コメント欄のスピードはスパチャとともに再加速し、やがて画面はチャンネルのロゴに切り替わった。

「二人とも、おつかれー！」

「お疲れ様です」

「おつかれさん」

氷菓のチャンネル専用のエンディングを流し終えると、配信画面には『このストリームはオフラインです』と表示され、放送が終了した。

それから、いつもの如く裏では三人が労い合っていた。

「次はいつやるの？」

「なんかえらくやる気だな？　いつもはすぐ消えるくせに」

「ソンナコトナイヨ」

「怪しいヤツめ」

「この感じ何か企んでますね？」

「だろうな」

「いやー、もう二年の付き合いにもなると、先生も段々とわたしの事が分かってきたね！」

「傾向だけな。未だに得体は知れないと思ってる」

ダウナー系の人間だが、興味のある事にはとことん首を突っ込んだり、企むのが零七だ。

明澄に関してもだが、それなりに為人《ひととなり》は分かってきていた。

可憐だが時折は不可解に感情を揺らすのが明澄とすれば、のんびり気味だが表面上しか掴ませないのが零七だろう。

この二人が親友なのは真逆だからこそなのかもしれない。

「それで、何を企んでるんです？」

「クラスのみんなには内緒だよ？」

「あなたは一緒の学校じゃないでしょう」

「あなたは？」

「いえ、そういう事ではなくてですね」

配信後とあってだいぶ緩んでいた割に、またもや零七は持ち前の鋭さを発揮した。

今の明澄の返しは、実際は言葉の綾《あや》かどうかは分からないが、庵と明澄が同じ学校の生徒である事を前提としたセリフであると、捉えられてもおかしくはない。

三人いて「あなたは」と言われれば、三人を結ぶ直線とその関係性には、いくつか候補が生まれる。

零七はそこを逃してはくれなかった。

「日本語の難しさを実感させる質問はやめてやれ」

可能な限りはフォローしてやろうと、庵が横から割って入る。

「そ。まぁいっか。じゃあ、もう抜けるねー。カツカレー」

食い付いたら離さないスッポンが如き好奇心の塊が零七だ。もう暫くうざったいくらいに絡んでくるかと思ったのだが、あっさりと興味を失って彼女は一方的に消えていった。

あまりにも拍子抜けして、「おい。待て」と、俺が引き止める言葉を投げたくらいだ。

「なんだったんだアイツ？」

「さぁ？　ああいうのも彼女なので、私たちには知り得ませんね」

「そうか。ま、俺たちも終わろうか」

また明日も学校がある。

ここで消えた零七の事を話してもしょうがないし、居なくなったから次のコラボの話も後日になるだろう。

配信前には何も食べてないのでこれから夕食の時間になるし、お開きの頃合とみる。

「はい、お疲れ様です。では、またごじ……あ、すぐにそちらに行きますね」

「了解。待ってる」

零七がボイスチャットから完全に抜けたのを確認してコソッと話し合った後、明澄がチャットから抜けていった。

今日もまた明澄が晩御飯を食べにやってくる約束だった。

前回から一日しか経っていないが、今日は特別だ。

翌日が学校だしテストもある。今日は明澄のチャンネルで配信をしたので彼女の負担が大きかった。

そんな事もあり、三日に一度という取り決めを変えて、この後二人で遅い食卓を囲む予定である。

「なんかもう一緒に食うのが普通になってきたなぁ」

初めは事務的だったのに早くも彼女とは数回目の食事になる。

このままだといつか毎日食卓を囲むのでは、と俺は冗談気味にそう思っていれば、

「あ、そうだ。先生」

ピポン、とボイスチャットのグループに入室する音を鳴らして零七が戻ってきた。

「急に消えたり戻ってきたり忙しいやつだな」

「ごめんごめん」

「それでどうした？」

「氷菓の事よろしくね！　それだけ」

「なんだそれ？」

「だって、やっぱり仲良い感じするからね。親友としてはお願いしたくあるんだよ。さっきの企みも三人で話す機会があればもっと観察出来ると思っただけ。じゃね」

まるでゲリラ豪雨だった。

言いたい事だけ言って、またも一方的に消えていく。

明澄が抜けたタイミングを見計らっていただろうから、質の悪いやつである。

グループを抜けていたのは確認しているし、会話は聞かれてはいないし構いはしないのだが。

「あいつらなんかあるのかねぇ」

よろしくと言われても、分からないものは分からない。明澄を心配する口振りではあったから、やはり彼女からたまに漏れる負の感情の事なのだろうか。

私生活での交流があるし、注意くらいはしておくべきなのかもしれない。

とはいえ、あくまでも食生活が心配だっただけだ。不必要には関わるつもりも関わってくれるとも考えていない。

なんでもいいか、と俺が呟いたその後すぐ……。

「お邪魔します」

玄関のほうからあの凛とした声が聞こえ、明澄が何も知らないで部屋にやってくるのだった。

第4章　聖女様と変わる日常　前編

「水瀬《みなせ》さん！　オレと付き合ってくれませんか！」

休み明けのテストが全て終了し、ようやく解き放たれた放課後。

庵《いおり》が日直のゴミ捨てをしに中庭にやってくると、偶然明澄《あすみ》が告白されているところを目撃した。

それでもって男子生徒は「お断りさせていただきます」と、見事なまでに振られていた。

「じゃ、じゃあ！　友達からじゃ駄目かな？　連絡先だけでも！」

男子生徒はなんとか関係を作り出そうと必死に試みる。

告白に失敗した後のよくある光景だろう。

けれども、作った笑みを浮かべる明澄に「不必要な連絡先の交換はしませんので」と、友達の関係すら築く事を断られてしまう。

「そこをなんとか！」

「……しつこいですよ？」

「ご、ごめんなさい」

それでもどうにか、と男子生徒も粘っていたが、彼女に睨まれると情けなく敗走していた。

恋愛に繋がる要素を持つ事すら嫌悪しているとも取れる完全拒否だ。

少し可哀想なくらいだった。

「おーす。またか」

「朱鷺坂《ときさか》さん。見ていらしたんですか？」

「端っことはいえ中庭だからな。嫌でも見える」

ゴミ捨て場に行くにはどうしてもここを通らなければならない。

これまでも告白されている場面には出会したが、関わる必要もないので全てスルーしてきた。

ただ、向こうも気づいている節はあったし、今までと違って無視をするのも違うので、俺はとりあえず声をかけていた。

「はぁ……まったく困ったものです。入学以来断り続けているのに、こうも絶えないとは。私が誰とも交際する意思がないと分からないのでしょうか」

ため息をつく明澄は、うんざりとした表情でそう愚痴った。

何度も何度も告白のたびに呼び出されるのだから嫌になるのも頷ける。

「そんなもん、男はダメ元でも行くからな」

「なるほど。朱鷺坂さんもそうなんですか？」

「さてね。俺は告白した事なんてないし、された事もないからな」

「意外でした。てっきりそれなりにご経験があるのかと」

高校生生活を一年ほど、人生を一六年ほど送ってきたが、俺はまだ一度も恋愛をした事がない。

それくらい別におかしくもないだろうに。何故だか明澄は首を傾げていた。

どうしたらそう見えるのだろう。

クラスでは目立たないし、勉強だって上の下と中の上を行ったり来たりする程度。

プロのイラストレーターである事も明かしていないから、自分に魅力を感じる異性が居なくても不思議ではないと思っているのだが。

「お前に俺はどう見えてるんだよ。モテそうに見えるのか？」

「え？　だって朱鷺坂さんってそれなりに整った顔立ちをされていますし、女子の間では寡黙でクールだと噂されていますよ？」

「学校じゃ、ただの陰キャなんだけどなぁ」

全く聞いた事がない評価だった。

奏太《かなた》以外と絡むのは皆無だし、平凡な生徒に見られていると俺は思っていた。

そんな風に言われているなんて結構な驚きである。

「沼倉《ぬまくら》さんと仲がよろしいようなので、一部の女子にも人気のようですよ」

「うっわ。聞きたくねぇ。差別とかしないけど、それってアレだろ」

「アレですね」

「水瀬も興味あんの？」

「……ないですね」

俺が思わぬ高評価だった事に加えて、かの友人とカップリング的な意味合いで見られてもいるらしい。

興味本位で明澄に尋ねてみるのだが、何故だか彼女は顔を逸らした。

「目を逸らすなよ。興味あるんじゃねぇか」

「ち、違います！　好奇心です！　知らない世界なのでちょっとクラスメイトにお話を伺っただけですから。というかむしろ私は……」

目を背けた事を俺に突っ込まれると、明澄は慌てて釈明する。

明澄もＶＴｕｂｅｒをやっているだけあって、サブカル文化、アニメや漫画には詳しいし、いわゆるオタク気質なところはある。

なんなら俺の事を推しとまで言うのだから、かなりガチである。

彼女が何に興味があってもおかしくはない。

そして、最後のほうにはもごもごと聞こえないくらいの声で何か言っていた。

「まぁ、いいや。というか、あんまり長話しても噂になりそうだな」

「ですね」

「じゃあな」

「あ、少し待ってください」

「なんだ？」

俺も明澄も学校ではあまり関わらないようにしている。

けれど、仲良くなってからは人の目がないところは気が緩むのか、たまにこうして話してしまう事があった。

だから俺も面倒な事にならないうちにゴミを捨てに行こうとするのだが、明澄に引き留められる。

彼女に引き留められるのは、一体これで何度目だろうか。

「あの、私の連絡先って、プライベート用は知らないですよね？」

「うん。知らない」

「ではＬＩ○Ｅとｄｉｓｃ○ｒｄを教えておきますね」

「いいのか？」

「逆になんで駄目だと思ったんです？」

僅かだが驚きを顔に出した俺に、きょとんとしながら明澄は首を傾げる。

これまではあくまでも、かんきつと氷菓《ひょうか》の関係で連絡を取り合っていたつもりだ。

友達になった訳ではないから、そうするのが当たり前だろう。

だから、てっきりプライベートの連絡先を教え合うなんて思ってもいなかったのだ。

「だって、さっき不必要な交換はしないって言ってたの聞こえたし」

「あなたとは『必要』だからですけど？」

「うーん。まぁ、お前がそう言うなら」

明澄がわざわざ強調して言うので、俺は首を縦に振った。

ゴミ袋の件や大掃除やなにやらと、二人の関係においてはなんとなく明澄に主導権がある気がしている。

　というのも、明澄は大抵において正しいのだ。絶対ではないものの彼女は間違わないから、俺は面倒くさがりなのもあって任せてあるとさえ言っていい。

　よくよく考えれば、プライベートで交流するのなら、仕事用のアカウントを使うのは健全ではないのも事実だ。

　だから明澄にそう言われたのなら、それでいいと受け入れた。

「はい、これです」

「ん」

「では、お仕事以外はこちらでやり取りをしましょう。ないとは思いますが、万が一仕事用からプライベートなやり取りが流出したら怖いですし」

「おう。分かった」

　そうして、俺は明澄とプライベートな連絡先をあっさりと交換する。

　高嶺の花である聖女様の連絡先など、この学校だとオークションにかけられそうな勢いだ。

　なんだか、さっきの男子生徒に申し訳なく思ってしまう。

「ふふふっ」

　連絡先を交換し終わると、明澄はなにやら小さく声を漏らしながら笑う。

「なんか嬉しそうだな」

「連絡先が増えるのってワクワクしませんか？」

「分からんでもないな」

基本的に一定の距離以上は人を寄せつけず、連絡先の交換を渋る明澄でも自分から求めた場合は、連絡先が増えるのは楽しいらしい。

聖女様と言えど、そういうところは人並みであるようだ。

それから明澄と別れ、ゴミ捨てに向かった数十秒後。

『これから、よろしくお願いします』

早速のメッセージが、明澄から先ほど交換した連絡先のアプリで発売されている氷菓のスタンプと一緒にメッセージが送られてきた。

ちなみに、スタンプは氷菓のペットであるホワイトタイガーがお辞儀しているものだ。

「わざわざ律儀だなあ」

また、この後から明澄が他愛ない事や小さな事を細かに連絡してくるようになって、少しだけ距離感に変化があった。

＃　＃　＃

「さて！　本日はここまでにしたいと思います！　チャンネル登録、高評価よろしくお願いします。それと、八時半から一ツ葉咲姫《ひとつばさき》さんの３Ｄお披露目があるので気になる方はそちらへ！　では、せーの！　おつうか〜！」

とある日の午後八時頃。

仕事の合間、作業BGMとして流していた明澄の配信が終わった。

『お疲れ様です。配信が終わったので今からそちらに向かいますね』

配信の終了直後、そんなメッセージを明澄が先日交換した連絡先から送ってくる。

今日は事務所の後輩が3Dのお披露目らしく、配信を被せないように夕方から始めていたから、夕食に丁度いい時間となっていた。

メッセージに『お疲れ様』と返事をしつつ、仕事を切り上げて作業部屋を出た。

(さて、飯も炊ける頃だな)

配信の終了時間に合わせて炊飯器をセットしたので俺がキッチンに出向くと、ちょうど炊飯器が軽やかに歌い始める。

今日は鶏肉の炊き込みご飯に汁物が一品とひじきの和え物と冷奴、それからたくあんを添えるつもりだ。

帰宅後に夕食の支度をしたので既に完成している。

再加熱が必要なのは味噌汁くらいで、俺がIHのスイッチを入れる。

湯気が立ち上り始めたところで、玄関のほうからドアを開く音が聞こえた。

「こんばんは。あ、お手伝いしますね」

「助かる。皿はそこの戸棚にあるから」

部屋に入ってきた明澄がキッチンのほうへとやってくる。にこりと笑って、自然な事のように申し出てくれるのだが、俺は少しむず痒《がゆ》さを覚えた。

（……通い妻感があるのはなんか居心地悪いな）

彼女は紺色のデニムにリブニットのセーター（いわゆる「縦セタ」）という出で立ちをしていた。

気になるのはクローバーのイヤリングだろうか。

派手な印象はない明澄だけど小物使いがうまい。そのせいかオシャレに見えて、どうにも気合いを入れているように見えてしまうのだ。

他人と会うのだから服装に気を使うのは当然だろう。普段着っぽくないのが余計に彼女感を演出している。

それに、初めは俺にお客扱いされていた明澄だが、ダイニングで待つだけなのが許せないらしく、最近は盛りつけや配膳などを手伝ってくれているのも原因の一つだろう。

すぐ隣で俺が作った料理をにこにこと盛り付けている姿は最早それにしか見えなかった。

「どうかしました？」

心のうちが視線に透けて出ていたのか、明澄はこちらを見上げて銀髪を揺らす。

正直に言ったら嫌がられるに決まっているので「手際に見とれてた」と、俺は別の事実を口にして明澄から目を切った。

「朱鷺坂さんの作ったものを雑には扱えませんからね」

詮索するどころか明澄はその他意にすら気づかず、ふわりとした笑みを浮かべる。

こちらは邪悪な心情を抱えたというのに、明澄はまるで察する事がない。

その純白さには洗われるというより、包み込まれるような感覚だ。

俺はなんとも言えない罪悪感を抱いてしまって「それはどうも」と、笑みを返すだけでも苦労した。

「今日は和食なのですね。お味噌汁のいい香りがします」

レパートリーが豊富な俺は毎日ジャンルの違う料理を食卓に並べる。

ここ数日和食を作っていなかったので、久しぶりの和食を見て明澄が味噌汁に鼻腔《びこう》をくすぐられていた。

「手に入った食材がそっち寄りだったからな」

「手に入った、ってスーパーで買い物をするだけでしょう？」

「あー、うん。まぁ……」

「？」

特筆するべきでもない感想だったが、俺が含みを持たせた物言いをしてしまったので、状況を掴めなかった明澄が首を捻った。

今日の食材の入手先は非合法とかそういうわけではないのだが、少し特殊な事情があるので黙ってあるのだ。

「いずれ分かるよ」

「なんですか。もったいぶって」

「いずれ。いずれな」

「まぁ、いいですけど」

ついぞ教えてくれなかった俺に対して、明澄は頬を膨らませる。

それがまた面白いというか、可愛らしくて俺は苦笑した。

出会った当初は想像すらしなかったが、こうしてみると明澄は反応が良くて揶揄いたくなる女の子だった。

「いやぁ、それにしても聖女様はほんと凄いな。さっきと似た事言うけど、盛り付けうまいわ」

「お褒めにあずかり光栄です」

やや拗ね気味だが仕事は立派にこなしていた。

明澄の手際はかなりのもので、店の手伝いをしていた俺よりもセンスを感じさせるほど。

「何か習ってたのか？」

「どうでしょうね？」

「教えてくれないのかよ」

「さっきのあなたが悪いのです」

気になって尋ねるけれど、明澄はふいっ、と顔を背けて答えてはくれなかった。

先ほど意地悪したそのお返しをくらう。

悪かった、と謝ってもついぞ明澄は「さぁ？」と教えてくれずじまい。

後日、明澄が作法の習い事をしていた事をうっかり漏らすまで、俺には固く閉ざされた秘密になってしまった。

＃＃＃

拗ねた明澄に翻弄されながらも数分もすれば、食卓には料理が並びきった。

そして、美味しそうな料理を前にすれば、あの拗ねた聖女様の姿はもうすっかり隠れている。

喧嘩ではないが空気が悪いまま、食事を囲む事ほど嫌な事もない。

二人はにこやかに手を合わせた。

「さ。冷める前に食べようか」

「ではいただきますね」

「いただきます」

「この炊き込みご飯、凄く味が染みてます」

炊き込みご飯から手を付けた明澄は眦を細めそんな感想を口にした。

明澄にならい俺も口へ運ぶと、口内に広がった旨味に、ぱっと表情を明るくさせる。

ふんわりと仕上がった米はよく出汁が染み込んでいて、濃く深い旨みを感じられた。また人参、ごぼう、鶏肉などの具材はあらかじめ別に火を入れて丁寧に仕込んでいるため、均等に味付けがされており、実に端正な仕上がりとなっている。

そのまま具材を炊飯器に放り込むだけでも充分だが、ひと手間かけておくと仕上がりに違いが出るのだ。

「お口にあったようで」

「ええ。もうお店のようです」

プロである祖父母に教えられた俺は、忙しくない限りは手間を欠かさない。

それが、いつもこうして明澄が絶賛してくれる理由なのだろう。

本人がなんとなく漏らしていたが、家柄もそれなりらしいし、俺同様に自炊仲間でもあるので、褒められるのはやはり嬉しいものがある。

「レシピは店のやつパクってきて、俺流にしてあるからな」

「あ、お店の。じゃあ、結構な手間をかけたのでは？」

「そうでもないよ。手間なのは具材くらいで、あとは炊飯器くんがばっちりだ。それに、手間だったとしても水瀬が美味しそうに食べてくれるから作り甲斐があっていい」

「……そんなに美味しそうにしてます？」

「ああ。それはもう」

「……見ないでください」

じろり、と明澄が瞼を半分閉じて言う。

「一緒に囲んでんだから、それは無理だろ。でも嫌なら仕方ない。今度からはお前の家に持っていくよ。電子レンジで温めて食べてくれ」

「そ、それは嫌です。もう誰かが作ったのを電子レンジで食べる生活はちょっと。味気ないですし……」

意地悪に言うから、こちらも意地悪に返せば、明澄は僅かに表情を苦くした。

親が忙しいと言っていたし、一人暮らしをするまではそういった食生活だったのだろう。

俺も夜遅くまで帰ってこない親が朝か昼に作ったご飯を温めて食べる事は多かったし、気持ちは分かる。

慣れもしたし今では特に何も思わないが、あれはあまり楽しい家庭環境ではない。

だから「だったら、諦めるんだな」と、零しながら味噌汁を啜った。

「べ、別に冗談ですもん」

「知ってる」

出来たての温かいご飯が待っているのは当たり前ではない。

食卓を囲んでこんな軽口を叩けるのも、幸せな事だ。

この時間を失くすのは惜しいとでも感じたのか明澄は慌てていて、俺はふっと笑った。

そうすれば、俺と明澄、そのどちらもそれを噛み締めながら再び他の品にも手を付ける。

明澄にもう一度目をやれば、美味に緩む頰に手を宛てがいながら、とても幸せそうな表情で味わっていた。

やはり、他人と食卓を囲む時間は貴重だ。そう感じつつ、俺はこの和やかな時間に浸った。

「さてと、片付けるか」

「それくらい私がしますよ」

食べ終わって一服したところで俺が皿を手にしようとすると、明澄は立ち上がって制した。

「いや、座ってて欲しいくらいなんだけど？」

「む。頼ってばかりだと悪いです」

食洗機に頼るので後始末は一人で問題ない。

五分もかからないから座っていてもらって構わないのだが、明澄はあからさまに不満げな顔をした。

「俺もやらせるのは気が引けるって」

「では、他にお手伝いとかありませんか？　テストが終わって私も余裕ありますし」

「仕事もまだ修羅場じゃないし特に手伝って貰いたい事はないんだよなあ」

スケジュールを思い出しながら俺は断る。

すると、明澄がすっと息を吐くようにして、言葉を溜める素振りを見せる。

それから、千草色の瞳を俺にきっちりと合わせてきた。

「あの。私は先生のイラストのためなら、家事でもなんでもお手伝いしたいんです」

あくまでもトーンは抑えているが、明澄は紡いだ言葉に決意を持たせてそう表明した。

わざわざ先生などと呼ぶのだから、それなりの意思表示なのだろう。

「あー、うーん」

「今度は私が朱鷺坂さんのお役に立ちますから。ダメですか？」

明澄がじっと見つめるようにして言ってくる。

普段は他人と距離を置く明澄がそうやって言い出したのだから余程の事だ。

聖女様の純粋無垢《むく》な申し出と気遣いに俺は断れなかった。

「……分かった。じゃあ何か頼んでいいか？」

「もちろんです。何をしましょう？」

不本意ながら俺が折れると、明澄は微笑を浮かべた。

あまり依存はしたくないが、もう引き返せないのは言うまでもない。

「風呂を沸かしてきてくれるか？」

「お任せください！」

風呂場の方向を指差して頼むと、明澄は意気揚々と返事した。腕まくりをしながら、風呂がある洗面所のほうへ消えていく。

そんな明澄を困ったように笑いつつ見送ってから、俺はシンクの皿に手を付けようとしたのだが……すぐにある事に気が付く。

「あ、しまった！」

大きな声を上げるや否や、すぐさま洗面所へ向かう。

すぐに追い付きはしたのだが、既に明澄は洗面所の扉に手をかけており、一歩遅かった。

声をかける寸前に明澄が扉を開いてしまい……そして事件が起きた。

「きゃあっ」

洗面所の扉を開けた矢先、何かを目撃した明澄が少し仰《の》け反りながら小さく悲鳴をあげた。

彼女の視界に入ったのは恐らく下着や服だろう。

それも女性物のはず。なんならバニー衣装やスク水まである異様な光景だ。

最近資料として買ったもので特にいかがわしいわけでもないが、多少際どめのものもある。

それらが吊るしてあったりするのだ。

明澄からすれば、扉を開けてあるはずのないものが突然目の前に現れたら驚くに決まっている。足がふらつくのも仕方がないだろう。

足を滑らせた明澄が後ろに倒れそうになるが、駆け込んできた俺がなんとか明澄を抱き留める事に成功する。

後ろから支えたが体勢も危ういので、明澄の上半身を横抱きに近い体勢で抱えて、俺は膝を床につけた。

それから間もなくして、明澄の髪や服から香る甘い匂いに包まれた。

「な、なんでこんなものがあるんですかっ！」

腕の中に収められたせいか、目と鼻の先にいた明澄が顔を赤くして俺を追及する。

「いや、それは資料だ」

「……そ、そうですか。てっきり彼女さんのとか変な趣味かと」

「彼女は前に居ないって言ったろ。告白云々《うんぬん》の話で」

「あ、そうでしたね」

気まずそうに焦りながらも説明をしてやれば、明澄の追及が静かに引いていった。

どうやら理解してくれたらしい。

「というより、なんでこんな事になってるんですか。この間、片付けたばかりでしょう？」

「これはクローゼットにあったやつでさ。ちょっと仕事で必要だったから、引っ張り出してきたんだよ」

仕事の充実や忙しさというのは一つの罪なのかもしれない。

量と時間の都合上、片付けずに放ったらかしになっていた。

洗濯物を溜めるタイプだから、カゴには俺の衣類が堆《うずたか》く積まれている。

資料に関しては洗う必要はないのだが、置き場所に困ったのでそこに放置していたのだ。

「はぁ。お風呂を沸かしたら、服も私が洗濯しますから」

「悪い」

見かねた明澄が呆れ半分にため息をついてそう申し出た。

「あ、あと、早く離してくださいっ。もう大丈夫ですから」

「すまん！」

抱き留めてからそのままだったからずっと密着し続けていた。自分の状況に気づいた明澄は、頬を赤くしながら俺の胸をぐぐっと両手で押す。

このままの体勢だと俺も男としてまずい気がして、謝りながら素早く明澄から離れた。

げた。

「……でも、ありがとうございました。怪我をしなかったのは朱鷺坂さんのおかげです」

驚かせた原因は俺にある。だから俺が謝るべきだが明澄は身体が離れると、ぺこりと頭を下
「いや、俺が悪いからな。マッチポンプだ。ほんと洗濯をお願いするのが申し訳ない」

きっちり礼はする。そこは聖女様らしい振る舞いだった。

「もう、仕方ありませんね」

小さな子どもの面倒を見るかのように明澄が呆れて呟く。

ただ口の端は少し上がっているから、悪く思ってはいないのだろう。

「あ、下着類は後で俺が洗うわ」

「当然ですっ。ほんとあの家事万能だったかんきつ先生はどこにいったんですか」

流石に自分の下着を洗わせる訳にはいかない。

それらを集めていく途中、明澄に過去に言われた気がする小言を再び進呈された。

「そんなやつは最初から居ないからな」

「でしょうね。なので、ついでに衣類のお片付け講座もしてあげます」

「それはありがたい。ま、見栄張って変にかっこつけるのはダメだな」

「ほんとですよ」

終始、呆れられ気味に苦言を呈《てい》されるが、ぐうの音も出ない。

「まぁ、抱き留めてくれたのはカッコ良かったですけど……」

ただ、ボソッと誰にも聞こえないような声で明澄は、頬を僅かに赤らめながら独り言を漏らすのだった。

「衣装はハンガーに掛けないと傷付いたり縒《よ》れてしまいます。大切な資料ですし、もったいないと思えば、片付ける気になりませんか？」

晩御飯の後、急遽《きゅうきょ》行われる事になった第二回お片付けは、明澄の講義から始まった。

いつもは下ろしている髪を後ろで結っていて、すっかりお掃除モードだ。衣服の他に洗面所周りを相手に徹底的に戦う顔をしている。

「経費で落ちるとはいえ、ゴミにはしたくないし。バニーもスク水もいつか使えるかもしれん」

「へぇ。お仕事に使ったんですよね？　他に使うつもりなんですか？」

俺が口を滑らせると、優しかった聖女様の目はスっと細められ、侮蔑《ぶべつ》の視線が突き刺さった。

バニー衣装やスク水なんて俺が使うものではないから、当然それは女性に対して着てもらうという事になる。アブノーマルな事を聞かされたら不審がって当然だろう。

その瞳はいつかのものとは違う冷たさで、じとーっと俺を見つめていた。

「いや、いつもの貧乏性《くせ》で！　何か出来るかなって。それ、俺が着たくらいしか使ってやれてないし」

「え、あなたが着たんですか？」

他人にどう思われようがどうでもいいけれど、今後一緒に食事をする知人に勘違いされるのは困る。

分かってもらおうと弁明するのだが、伝え方が悪かった。

その瞳は蔑視のものから引き気味ものへと変えられてしまう。

「だって着なきゃ資料にならんだろ」

「なるほど、そういえば聞いた事がありますね。絵描きさんの写真フォルダには、コスプレの自撮りがあるとかなんとか」

「そうそう、それそれ。だから変な意味じゃないんだよ」

ハンガーに掛けたり床や机に置いて写真を撮ったところで、平面にすぎず資料にはならない。

それなら、サイトで眺めるだけでいいだろう。

ポーズごとの細かいしわの出来方や、光を当てた時の光沢、欲しい角度は簡単に手に入らない。探せばあるが、買って自分でやるほうが自由度も高くそれほど面倒でもない。

だから、絵描きは自分で着用するか、他人にきてもらう事があるのだ。

「恥ずかしくはないんですか？」

「そんなのは既に通り越した。誰かに見られる訳でもないし。まぁ、写真はグロいがな」

「見たいような見たくないような。朱鷺坂さんも大変そうですね」

「仕事のためだからな。そりゃ、誰かが着てくれるならそれに越した事はないさ。でも、ほぼひとりぼっちだぞ。こちとら」

「……そうですねぇ。バニーとか以外、他の衣装なら私が着てあげなくもないですけど……」

「まじ……？」

明澄がどことなく視線を逸らして言えば、庵が食いついた。

イラストを描くにあたって、実際に着ているところやポーズ、構図などを客観的に確認が可能ならとんでもなくありがたい。

それも正真正銘の女子が着た写真資料ともなればなおさらだ。

また、思春期の男子としても聖女様のコスプレを見逃すのは惜しい。

もちろん、目の保養程度に留めるつもりではあるし、おくびにも出さないが。

「露出のあるものはダメですよ！　セーラー服とかは着てみたいと思いますし」

「中学はセーラーじゃなかったのか？」

「通ってたところは中学生の時もブレザーだったんですよ」

「珍しいな」

「だからセーラー服も着てみたいなぁ、なんて思ったりするわけです」

ドラム式洗濯機の上に放置されていたセーラー服を手に取った明澄は、ひらりと自分に合わせてみせるのだが、それだけで凄く様になった。

合わせるだけで着てもいないのに楽しげなところを見るに、余程セーラー服に憧れがあるのだろう。

コスプレでいいのなら着させてあげたいというか、ぜひ着て欲しいぐらいだ。

ぽんっ、と手を打った俺は一つ提案を切り出す。

「よし。絵の資料として着てるとこの写真を撮らせてくれるなら、セーラー服以外でもいくらでも着てみたい衣装を用意しよう。当然、誰にも見せないし、なんならデータの入ったストレージをそっちで保管してもらっても構わない」

「ふむ。確かにそれは魅力的な提案です。では、ｗｉｎ−ｗｉｎの関係といきましょう。あくまで露出がない物だけですけど」

「ありがたい」

安いコスプレ用にはなるが、彼女が着てみたいと言うのなら俺はいくらでも貸すつもりだ。

俺は資料調達、明澄は憧れを叶える。どちらにとっても利があるその提案は二つ返事で契約が成立し、俺は手を合わせて喜んだ。

「そんなに見たいんですか？」

「そりゃあ、絵描きとしては思うような資料が手に入るんだからこれ以上はないね」

「それだけですか？　まだあるんじゃないですか？」

「何を言わせたいんだよ」

「全部です」

悪い笑みを浮かべた明澄が、後ろ手を組んで見上げるように問い詰めてくる。

完全に俺の公私混同を見抜かれていた。

資料として、そして美少女のコスプレを見てみたいという邪な気持ちがすっかりバレている。

「はぁ……。ま、要するに美人のコスプレが見てみたいんだよ」

「ふふっ。正直ですね」

「揶揄いやがって。ここまで言わせたんだから頼むぞ」

観念して正直になった俺を見て、満足そうに明澄は笑みを零した。

相互に利があるとはいえ、お願いである以上はこの一件の主導権は明澄にあるようだ。

最近は、なんだか明澄から話を振ってきたり色々申し出たりと、初めとはすっかり関係が変わってしまっていた。

「約束ですから任せてください。それにしても、この提案は意外でした。朱鷺坂さんは私の事なんて、なんとも思ってない様子でしたし」

「んなわけあるか。そりゃ、想いを寄せてる訳じゃないから、言い寄ったりはしないけどさ」

彼女には何かにつけて接点を持とうとしたり、恋愛対象として近寄る者が多い。

その点、俺は食卓を囲んだり、こうして片付けを手伝ってもらいながらも明澄に迫る事はなかった。

だから俺にも自分に対してそういった感情が僅かでもあるのが明澄には意外だったのだろう。

当然、俺だって男として人並みの感情と欲求を持ち合わせている。

明澄のような美少女に目がいかないわけはないし、先ほどのように密着したりすると当たり前のように意識する。

そのコントロールが同年代の男子よりうまいだけで、見せない努力をしているにすぎない。

「実はあなたがあまりにも興味を示さなかったので、ちょっと自分の自信が揺らぎそうだったんです」

「自信ねぇ。けど、そう見られるのは嫌なんじゃないのか？」

「私が嫌なのは、不必要におかしなところへ視線を向けてきたり、知りもしないのに言い寄ってきたりとかそういうのです。あなたはそういう事しないじゃないですか。コスプレだって、どうせ映えるから見てみたいなあ、くらいでしょう？」

「まぁ、うん。そうだよ。あ、そういえば水瀬は、聖女様なんて大層なあだ名を嫌がったりしないよな。そういう事か」

「ええ。私を褒めていただいている証ですから、嫌いじゃありませんね」

他者からの目に関心を向けるような性格には見えないが、それなりに自身への評価を気にしていたらしい。もう少しクールなタイプかと思っていたが、そこは人の子というやつなのだろうか。

普通なら持てはやされすぎて、嫌がられるようなあだ名も明澄は平然と受け入れていたし、納得はいく。

微かな笑みたたえる明澄は照れくさそうしながらも、満足そうに人差し指で髪を巻いていた。

「こう見えて承認欲求とか自己顕示欲は人並み以上なんですよ？」

ぴん、と立てた人差し指を唇に当て、にこりとした明澄は、常人ならあまり認めないであろう事も取り繕わず言ってみせた。

「ネット上の活動者なんだし、そうだろうな。俺も同じだし」

人前に出るというだけあって、それなりの欲求や欲望はあるのだろう。なんなら、それがない人間は向いてない可能性もある。

イラストレーターをしている俺の根源も絵を描くのが好きな事の他に、認められたいという欲求があるので、強く共感出来た。

「というわけで安心しました」

「普通、水瀬みたいな美少女に目がいかないのは無理があるからな」

「お世辞でも嬉しい事を言ってくれますね」

「そうでもない。その流麗な髪が風に靡《なび》くだけで目を奪われるし、スタイルも良いからたまに目のやり場に困る。ずっと綺麗なひとだなあ、って思ってるよ」

「……へ、へぇ、そうなんですか……」

「あと、すっげぇカッコイイとも思ってるぞ。勉強も家事も出来るし、配信者としても成功してる。全部レベル高いし才能だけじゃなくて、いっぱい努力してんだろうなぁ、って。ほんと尊敬するよ」

ふとした勢いだったのだろう。

話の流れによって、明澄を褒めちぎる言葉の数々が俺から漏れ出ていた。

普段から褒められ慣れている彼女も、いつもは言わないような事を俺が口にするので驚いたらしい。

そして、みるみるとその頬が朱色に染まっていった。

「きゅ、急に褒め出してどうしたんです？　悪事でも思いつきましたか？」

若干、照れながら明澄が聞いてくる。

「いや別に。単なる感想だけど……」

「そ、そうですか……」

自然と口にしていただけなので、それ以上でもそれ以下でもない。

平静を装うがそこそこ恥ずかしい事を言ったという自覚はあって、俺は逃げるように目を逸らし、資料用の服などを畳み始める。

一方の明澄もいそいそと、衣装のシワを直したり片付けに戻ったりしていた。

「不意打ちはずるいです……」

そして、明澄は赤らめた表情のまま消え入りそうな声で呟く。

そんな二人が居る洗面所は甘ったるい柔軟剤の香りに満ち、ごうんごうんと洗濯機の音だけが鳴り響いていた。

閑話　サムネなんか雑にしたっていい

「雑い！　うかまるはとにかくサムネが雑い！　何が『ざつだんよ！』だよ。ほんとくそ雑魚《ざこ》サムネだな。ざぁこざぁこ。ハハハ！」

「私だって時間をかけたら、夜々《よよ》さんみたいにハイクオリティのサムネも作れますし！　分からせますよ？」

ある日の夜、俺が作業用のBGMとして流している配信画面の向こうでは、言い合いをする二人のVTuberが居た。

今日の氷菓《ひょうか》の配信は、事務所の先輩である真昼《まひる》夜々との雑談コラボだった。

夜々の見た目は黒髪ロングのお姉さんといった印象で、緩いTシャツから左肩を出し、髪には白のメッシュをあしらったデザインのニートキャラの設定だ。

配信歴は四年目を迎え、チャンネル登録者が一五〇万人に到達したぷろぐれすの人気ライバーである。

雑談とゲーム配信を中心としており、氷菓と似たような配信スタイルだが、違うのはリスナーとの関係。

ややアイドル寄りのタレントである明澄に対して、彼女は芸人寄りのタレントと表現するのが正しいだろう。

よくリスナーと喧嘩《けんか》という名のプロレスをしている。彼女に対するコメントはかなり辛辣《しんらつ》な物が多かったりするが、しっかり愛されているのも事実だ。

また、個人ライバーだった氷菓たちを事務所に引き入れたライバーでもある。

「サムネ技術世界一のわたしに勝てるとでも？　ニート舐《な》めんな」

「私は中身で勝負してますから！　というかニートなんか舐められて当然でしょう」

両目をかっ開いた夜々が、ぐわんぐわんと左右に揺れながら煽り、呼応するように氷菓が怒りの表情を作っては対抗していた。

：は？　うかまるのサムネは最高だが？

：先輩が教育しないからだろ

：は？

：何故笑うんだい？　彼女のサムネは立派だよ

：氷菓ちゃん、このカスがごめんね

：なんだァ？　てめェ？

：後輩をいじめるな

：は？

：こいつを燃やせ

：はい、炎上

このようにコメントは大荒れで、初見の視聴者が見ればまるで炎上しているかのようなチャット具合だ。

だがこれが通常運転であり、夜々もまた芸風として受け入れていた。本当はみんな彼女が好きだがここでは秘めているだけらしい。

「中身見てもらうために魅力的なサムネ作って誘導するんだろうがよ！」

「ぐっ……正論。ニートのくせに小賢しいですね」

今日の話題であるサムネとはサムネイルの略称で、動画や配信の枠に表示される画像を指す。

小説や漫画の表紙（カバー）に当たる部分といっていい。

これはとても大切なもので、配信や動画の情報が詰まっており、タイトルとの兼ね合いもあるがその出来によっては再生回数や視聴者数に差が出る事もある。

そのサムネ作りがうまいのが夜々で、数分で終わるとまで豪語するとあってクソ雑魚やらクソ雑サムネと称されているのが氷菓という、ぷろぐれすの中でも対照的な二人だった。

夜々の芸風がリスナーとのプロレスなら、氷菓の芸風は雑いサムネ芸である。

「二四時間、自宅守ってんだぞ。こちとら自営業だぞ」

「こっちは二四時間可愛いんですよ、ＪＫ舐めないでください、二五歳のひと！」

「は？　年齢は関係ないだろ。というか年齢の話すんな。傷付くだろうが」

（こいつら、ホントおもしれぇな）

聴いているだけでもクスリとしてしまい、思わず線がブレそうになる。ごく稀《まれ》に手が止まるのは難点だが、いい作業ＢＧＭだった。

：かんきつ　ママは氷菓のサムネが大好きだぞ！
絵を描きながらも、たまに俺もコメントを打ち込むと、神絵師の登場にチャット欄が盛り上がる。
：ママ⁉
：ママもようみとる
：ニート風情がよぉ
：ママもいます
：ママの言う通りだ！
：ママもようみとる
：カス、働け！
：ママおって草
「あ、ママ！　夜々さんが虐《いじ》めてくるんです。助けてください！」
「うかまるはいい歳してママに頼って恥ずかちくないんでちゅかぁ？」
俺のコメントを見つけると、すかさず氷菓が拾う。対して夜々は自分が求められる振る舞いを見極め氷菓を煽ったりと、演出に余念がなかった。
また特に俺は、夜々の配信での立ち回りや話の広げ方などを自分が配信に出演する時の参考にさせてもらっているし、裏では向こうからイジっていいよ、とまで言ってくれていたりする。
後輩の氷菓だけでなく、たまに共演する俺まで気にかけてくれるいい人だ。

二年前ならこんな風に夜々をいじったり出来なかっただろうが、今では慣れたものであった。

：かんきつ　俺の娘をいじめるな！　舐めてると同人誌にするぞ？

「ママ、もっと言ってやってください」

「おかあちゃまもそんな事やってると、娘ちゃんのためにならんですよォ？　親バカと過保護は違うからなぁ？　モンスターペアレントですかァ？」

：かんきつ　選べ。オークに蹂躙《じゅうりん》されるか、キモオタに催眠されるか。どっちがいい？

「すみません。それだけはやめてください」

俺が伝家の宝刀を抜けば、夜々は顔を青くして即座に謝った。

この三下感を出すのも夜々の芸風で、明澄とはまた違った立ち回りのうまさとそのキャラクター性が人気を博す理由だ。

咄嗟《とっさ》の判断も早く的確なので、配信トラブルの対応もお手のもの。

数年前に公式のライブイベントでトラブルがあった際、一人で三〇分繋ぎきった英雄としても知られている。

：同人誌にビビってて草

：¥3600　ママ、同人誌頼む！

：謝るの早すぎ

：みんな、キモオタはここにいるから、あとはオークを呼んでくれ

：イラストレーター強すぎる

余談だが、俺の『同人誌にするぞ』というのはイラストレーターの誰かが言い出した界隈の一つのネタだ。

あくまでもネタであり、そもそも俺はぷろぐれすとの契約上、所属ライバーの同人誌を頒布《はんぷ》するような事は不可能である。

詰まるところ、これもノリのいい夜々のプロレスなのだ。

「ええと、まぁ……同人誌にされるのは嫌なので、煽りはほどほどにするとして、うかまるには次のコラボの配信中に生で今月か来月くらいにあるオフコラボのサムネを作って証明してもらうという事で」

「分かりました！　受けて立ちます」

「よし、かんきつ配信者化計画として、アイツも呼んでサムネ作らせるか」

：ママを巻き込むな
：え、オフコラあるの？
：ママはニートのお前と違って忙しいんだぞ
：サボんな
：やっぱ同人誌にされろ
：お前が全部やれ
：クズニートめ
：さらっとオフコラの話が流れたぞ

:お前が作れ

「それは賛成です！」

:かんきつ　なんで俺、巻き込まれてんだ!?　サムネなんか作った事ないぞ！

「だろうな。だからクソサムネの血は争えんかどうかも確かめてやろう。チャットの先生もやる気みたいだしな！」

「そんなわけで来週にはオフコラボもありますので、お楽しみに！」

どうしてか、話題の方向性は明澄のサムネ力をまた次の配信で披露するという流れになり終わりを迎える。

そして、

:かんきつ　おい、待てコラ！　お前ら！　やる気なんていつ出した!?

さっきまで喧嘩してたのにいつの間にか結託した二人に、何故か庵も巻き込まれていた。

こういう時は仲が良いのだ。

そして、結構な頻度で無茶振りされるのが庵だったりする。

ただ、コメントと裏腹にゲーミングにもたれる庵は嫌がる様子もなく、両手を後頭部で組みながら呆れるように口角を上げていた。

「今日もとっても面白かったです！　配信を盛り上げてくださってありがとうございます」

「コメントしただけだが。というより、何故巻き込まれた？」

「……あ、この生姜焼き美味しいですね」

「聞けよ？」

夜々とのコラボ配信後、いつものように明澄が部屋を訪れ俺と食卓を囲んでいた。

会話から分かる通りすっかり馴染《なじ》んでしまっている。

先日の手伝いたいという明澄の申し出から数日経つが、たまに掃除をしに来てくれたりしているし、いずれイラストの制作作業が佳境に入った時は料理を振る舞ってくれるそうだ。

俺の扱いまで雑になっているし、いよいよ今日の配信みたく都合のいいようにされてしまいそうである。

「それにしてもサムネどうしましょうね」

「本気でやるの？」

「はい」

面白いでしょう？　とさも当たり前のように言う明澄は笑顔だ。

清楚で控えめな性格だが、こういうところは配信者魂全開である。

「いや、うん。別にいいけどさあ。まぁ、あんなコメントしたけど、多分イラストで構図とかいつも考えてるからサムネも大丈夫なはずだし」

「絵師としてのアドバンテージはありますよね」

「でもお前のクソ雑サムネ芸も楽だしいいよな。親娘としてそれで売るか」

「朱鷺坂さんも気づきました？　あれを芸にしてしまえば、低クオリティのサムネでも面白がってくれますからね」

「お主も悪よのう」

茶化してはいるがサムネを雑に作る事で楽をする、という理由も切実な問題からきている。

過去、配信初期の頃に一度、時間がなくて雑に作って配信した事が始まりらしい。

リスナーからのウケが良くネタにもされた事によって、一つの芸としてクソ雑魚サムネなどと言われるサムネイルで配信を続けてきた。

となれば、氷菓の親であるかんきつも雑なほうが面白いかもしれない、と俺は企んだ。

こうした俺による、かんきつと氷菓の仲良しアピールと営業に関しての余念のなさは、明澄に似てきている。

子は親に似るが、今回は親が子に似たパターンだった。

（ファンサービスの一環だしな。それにしても、水瀬にママって言われるのは違和感が凄いな……）

今さらだが目の前で自分の作った料理を食べる美少女に、配信やネット上ではママと呼ばれているのはとてつもない違和感だ。

性癖が歪みそうになる、とも俺はふと思った。

「今さらだけどお前にママって呼ばれてると思ったら、変な感じがするなぁ」

思った事を俺はそのまま口にする。

「そうですか？　私としてはご飯を作ってくれますし違和感はありませんよ、ママ？」

一方の明澄は人が悪い顔を見せる。

揶揄う気満々だった。

「やめろやめろ。俺の何かがぶっ壊れるだろ」

「ママのご飯美味しいです。ありがとうございます、ママ」

「くそったれ。恥ずかしすぎる」

明澄は生姜焼きを口にし口角を歪めながら、恥ずかしがる庵を弄ぶ。

それはもうとても愉快そうだった。

妙な性癖と遭遇してしまった庵はどうにか羞恥に耐えようと肩を震わせる。

「ふふっ。弱点を晒《さら》したのが悪いんですよ」

そして、明澄は口許を手で押さえながら、楽しそうに笑っていた。

第5章　聖女様と変わる日常　後編

テスト終了から一週間が経過し、学校は全体的に落ち着きを取り戻してきた。

休みぼけが治った生徒も多いのだろう。

卒業、進級に向かう年明けのゆったりとした雰囲気が校内に広がっている。

そんな昼休みの教室には、腕を枕にして机で伏している俺ただ一人だけ。

テスト順位が貼り出される日で、今しがた教師から知らされた教室は人気を消していた。落ち着きを取り戻してきたとは言ったが、その直後だから恐らく今だけは廊下に出れば、いつもより喧騒《けんそう》が増しているはずだ。

ただ、そんな事はどうでもいいかのように俺《いおり》は、窓際の席からアンニュイな表情でぱらつく雪を眺めていた。

人が居なくなった事で、仕事続きで疲れた身体が休まるようで俺には好都合だ。

ぬるま湯に浸かる気分でこれ幸いと、教室に残っていたのだが、ひょっこりと現れた奏太《かなた》にちょんちょんと肩をつつかれて、チルタイムは終了した。

「君は順位を見に行かないのか？　オレは今から行ってくるけど」

「どうせ後で成績表を渡されるしな。見に行って順位が上がるなら行くけど、別に変わらないだろ？」

「君は冷静だなあ。結果が気になって仕方ない側からすれば見習いたいね」

仕事のせいで今は順位の事より休息のほうが必要だし、興味がない事もあって淡々と受け答えすると、奏太はどこか羨ましそうだった。

それを横目に俺は眠りにつこうとする訳だが、

「奏太、それは違うわ。冷静なんじゃなくて、ソレは単純に無頓着《むとんちゃく》で無関心なだけの唐変木《とうへんぼく》よ」

そんなセリフとともに奏太の後ろから声が聞こえてくる。周囲に二つも騒がしさが増したせいで、俺の安眠への道が固く閉ざされた。

「ひでぇ言われようだな」

「間違ってないと思うけど？」

「オブラートに包めって言ってるんだよ。お前の彼氏はちゃんと包んでたぞ」

姿を見せたのは赤みがかった亜麻色のミディアムヘアの少女。彼女は朝霧胡桃《あさぎりくるみ》といい、奏太と付き合っている別クラスの女子生徒だ。

胡桃はスラリとした体躯《たいく》にあどけなさが残る端整な顔立ちをした、明澄《あすみ》とは毛色の違う美少女だった。

口はそこそこ悪いが基本的に面倒見が良く、こう見えてこちらを気にかけてくれてるのが分かるので、打ち解ければ好ましいタイプではある。

肝心なところには踏み込まないいし、距離感も絶妙で言葉遣い以外は同じような性格の奏太とお似合いの少女だった。

「言われたくないなのならもっとしゃんとなさいな。少しだらしがなさすぎるのよ。他人に興味がないのかその辺適当だし、姿勢も猫背気味だし、学校行事は休むしね。ちょっと野暮《やぼ》ったい髪とか整えてみたり、もっと人と交流すれば、楽しい学校生活が送れるわよ？」

「お前はどこぞのおかんか」

「友達としてよ。彼女とか欲しくないの？」

「ははは、胡桃に随分と言われてるなぁ」

「奏太も友達として言ってあげたら？」

ズバズバ言われるのだが、ちゃんと相手を気にかける発言だからこそ俺も怒ったりはしない。

以前には「行事を休んだら一緒に楽しめないでしょ」なんて言われた事もある。

それに今はもう一人厳しい少女を知っているからというのもあった。

「そういうのは一人でいいんだよ。でも朱鷺坂《ときさか》君が彼女を欲しくないのかは気になるね」

「ないな。出来てもすぐに振られる自信すらある」

「そんな事はないと思うけどね？」

「そうね。女子の間ではそれなりに悪くない評価なんだから」

「寡黙でクールってやつだろ」

「あ、知ってたの。奏太が教えた？」

「いや、オレは教えてないよ」

明澄が言っていた女子の間での噂は本当だったらしい。

けれど、実際の庵を知ったら女子たちはどう思うのだろう。

庵はだらしなさを友達の彼女に指摘されて、小言をもらうような生徒である。

卑下するところばかりではないし、庵のもう一つの顔のほうでは大活躍しているが、学校ではごく普通の昼行灯《ひるあんどん》に近い生態だ。

寡黙でクールなんて過大評価もいいところだろう。

ガッカリされるのだろうか。期待されているようで考えるのは少し怖く思った。

「じゃあなんで知ってるの？」

「風の噂だ」

「怪しいな」

「怪しいわね」

「怪しむな」

「だってほぼ女子しか知らない話だもの。あなた本当は彼女でも居るのかしら？」

「居ねぇよ」

「そう。でも恋人っていいわよ。ねぇ奏太？」

「ああ、最高だよ」

がばっ、と奏太の腕を取って胡桃が抱きつくと、奏太も眩しい笑顔で胸を張った。

「やめろイチャつくんじゃねぇ。空気が甘くなる」

「テストで失った糖分は補給が必要だろう？」

「俺にはバ○リースがあるからいいんだよ」

「好きね、それ」

問い詰められたと思えば恋人自慢をされ、終いには目の前でイチャイチャを見せられる始末。

最早イチャつく口実を作られたようにしか思えない。こうなると面倒くさい。

自分たちの世界に入り始められると、見ているほうが恥ずかしいくらいだ。

だから、俺は「早く順位でも見に行ってこいバカップルめ」と空き缶になったバ○リースをふりふりとしながら、教室から追い出してやろうとする。

仕方ない、と肩をすくめた奏太と胡桃が踵《きびす》を返したからようやくと思ったのだが、間が悪い事に定評がある俺には許されるものではなかったらしい。

「あら、聖女様じゃない」

「こんにちは。朝霧さん」

ちょうど教室に戻ってきた明澄と、二人がばったり遭遇したからである。

どうやら胡桃とは顔見知りらしい。

それもそのはずで、彼女らが常に成績トップの位置にいて、テストではたまに一位と二位の順位を入れ替えているのだ。

基本は明澄がトップに君臨しているが、稀に陥落して話題になる。

他人はおろか自分の順位すら興味のない俺でも知っているほど有名だし、仲良くなるのも頷けた。

「聖女様も順位を見に行ってきたのかしら？」

「いえ、飲み物を買いに出ていました」

「見に行かないの？」

「だって、見に行っても順位は変わりませんし。それに今回は自信がありますので」

「……その通りね。流石、聖女様は聡明だわ」

「おい、俺と反応が違うじゃねぇか」

先ほど自分がされた対応と違う事に、俺は声をあげて抗議する。

「そりゃあ違うわよ。彼女はあなたと違って無頓着でも無関心でもないのだし」

「クソ。何も言い返せん」

「あ、そうだ。聖女様。こいつ、あなたと気が合いそうよ」

理由はともかく、テスト順位に対する俺と明澄のスタンスは同じである。

先ほども彼女がどうのと言っていた胡桃らしく、この手の話を好む女子らしさとその短絡的な思考回路を発揮して、オススメと言わんばかりに俺に手を向けた。

「……知っていますよ」

俺を一瞥してから明澄は小声でそう放つ。

「なんて言ったの？」

「どういう意味ですか？　と尋ねました」

聞き取れなかった胡桃が聞き返すと、明澄は言い換えてにこりと回答する。

どこかもどかしさがあるような表情だった。俺の事を知っている分というか、気が合うも何も世話をし合っているし、言いたくなる事があったのかもしれない。

とはいえ、本音は隠しておかないと面倒になるから、今の反応が正解だろう。

「さっき同じ質問を彼にしたのだけど、あなたと同じ事を答えたわ。仲良く出来そうって思ったの」

「ああ、そうでしたか」

「あなた誰とも付き合ってないんでしょう？　彼は変なところもあるけど絶対に浮気とかはしないタイプだからオススメしておくわ」

「……結構です」

一つ間をおいてから明澄は首を振る。

「フラれたみたいよ。残念ね」

「おい、勝手な事をするな。一番悲しいやつじゃないかこれ」

「ふふっ。ごめんなさい、朱鷺坂さん」

俺はいつの間にか勝手にオススメされて断られるという、とても残酷な仕打ちを受けた。

一度ちらりと明澄がこちらを見やったので、彼女も分かった上でそんな言い方をしたのだろう。

しかも、その後に明澄は笑みを零している。

女子二人の冗談で遊ばれてたのだろう。

悪いやつらだ。

隣で奏太が「残念だったね」と、ニヤついて肩に手を置いてくるので、「やかましいわ」と煩わしそうに俺は振り払った。

バカップルの気まぐれとか、それに乗る明澄のおふざけには文句を言いたくなるが、諦めるしかあるまい。

もうはよ行け、と俺は再び二人から顔を背けて机に伏した。

「というわけで奏太。私たちは順位を見に行きましょ？」

「今回は一位だといいな」

「一緒に勉強したし、大丈夫よ」

そして、二人はいちゃつくだけいちゃついて、何事もなかったかのように手を繋いで教室から出ていった。

貴重な休み時間が消費されてしまったから、後で請求出来るならしてやりたいものだ。

俺の色味に欠ける学生生活のスパイスとしては悪くないものだし、なんだかんだ楽しくはあるので、嫌ではないのだが。

ただやっぱり、イチャつかれるのだけは、うげぇとなるのでやめていただきたい所存だ。

もう帰ってくんな、と悪態をつく素振りで見送った。

「随分と遊ばれていましたね」

教室に二人だけが残されると、周りに誰か居ないか確認してから、明澄がちょっと楽しそうに声をかけてきた。

「くそ。やりたい放題しやがって。お前も楽しんでるし」

俺が恨めしげに文句を垂れれば、「つい。ノリで」と明澄はクスリと笑った。

「でも、別にナシという訳ではありませんからね」

「何が」

「朱鷺坂さんもいつか彼女が出来るという事ですよ」

「そうかね」

「ええ。だってお金を稼いでいて、しかもご飯まで作れて優しいですし。はい、これはモテますよね」

「なんか凄そうだけど、彼女が居ないのが現実だ」

「言葉だけならいいママにもなれそうなんですけどね」

「最近はお前に世話されてるがな」

「確かに」

そう言い合いながら二人は揃って苦笑する。

俺が誰とも付き合おうとか考えないのは、こういった関係が一番楽しいからというのもある。

奏太や胡桃のような友人カップル相手にもそうだ。どこかへ遊びに出かけたり、一緒に何かしたりとか友達らしい事をするよりも、ああやって駄弁るくらいが楽だ。

それに加え、俺の家庭環境や過去から形成された性格にも起因する。

非常に素っ気ないのも問題だし、彼女より仕事を優先しそうな性格だ。そうでなくても、時間だって合わせられないだろう。

社会人なら納得出来るかもしれないが、学生のうちはすれ違う事間違いなし。

スペックだけじゃ、相手を不幸せにするのは確実である。

自分に彼女が出来る要素もなければ、人間力が足りていないと、自己評価を下していた。

だから、彼女とか言われてもぴんとこないのだ。

「というかお前はどうなんだよ。なんで彼氏を作らないんだ？」

「なんで、と言われましても。別に私には必要ないものですし」

それが普通かのような言い草で、明澄は眉を困らせる反面、無感情な声で切り捨てる。

明澄はこちらに気がある素振りもないし、恋愛に興味どころか敬遠している節すらある。

そう勝手に俺は解釈し、明澄もまた俺に対して同じ事を考えていた事もあり、その感情に起伏が訪れるのは少し先になりそうだった。

＃　＃　＃

「本当にこんな高級な食材を使ってしまっていいんですか？」

俺の仕事が佳境を迎えたので明澄が夕食を作ってくれる事になったのだが、明澄はキッチンに立つなり口許を押さえ困惑気味に声を出した。

「使わなきゃ腐るしな。気にしないでくれ」

今日は二月三日で節分の日。そして恵方巻きを食べる日でもある。

キッチンには、その具材としてマグロやサーモンなどの海鮮系を詰めた発泡スチロールが置いてあった。

箱には有名な産地のシールまで貼られているし、明澄の気が引けているのも当然だ。

「あの、半分お金払いますよ？」

「そこは取り決め通りでいい」

窺うように明澄が申し出たが、きっぱりと俺は断る。

お互いに料理を振る舞う事を決めてから二人の間で約束事がある。

一つは、夕食を作って欲しい日は予め伝えておき、予定が変わった時も連絡を入れる事。

もう一つは、材料費の折半はしない事だ。

二人で作り合うしお互いに稼ぎがある。常識の範囲内ならお金では揉めないとの認識だ。

また俺は氷菓に投げ銭をするし、明澄は新衣装などで継続的に俺へ仕事を依頼している。

どうせここで折半しようがしまいが、互いに対してお金を使うだろう、というのもあった。

「えっと……取り決め通りにするのなら、これはルールに違反しているのでは？」

「いや、実はふるさと納税の返礼品だから、今回は例外のつもり」

「あ、なるほど」

説明すると納得がいったらしく、明澄はポンと手を叩く。

「自分で言うのもなんだが、そこそこの高額納税者だしな。収入に合わせて選ぶとかなりの量になるから、消費してくれるだけでありがたい」

「流石、神絵師ですね」

「スパチャのランキングからして、俺よりも高額納税者だろうに」

「あれ半分以上は他に持っていかれるんですよね」

大人気ＶＴｕｂｅｒの明澄は、スーパーチャットでかなりの額を貰っている。

まだ年間はないものの、月間ではランキングトップに君臨した事も複数回経験済みだ。

しかし、事務所や配信プラットフォームの取り分、税金などで手元に残るのは僅かとも噂に聞く。どうやらそれは事実だったようで明澄は苦笑いだった。

ただ他にも収入があるので、彼女の預金残高は世の平均を軽く凌駕しているはずだ。

「ま、まぁ。お金の話は置いといて。ぜひ、美味しくしてやってくれ」

「はい。任されました」

いつまでもお金の話ばかりだと、せっかくの食材に対して盛り下がるというもの。

気のいい返事をした明澄に調理を任せ、庵はリビングのソファにもたれて作業を再開する。

キッチンのほうを見やれば、明澄がやる気満々そうにエプロンに着替えていた。

「朱鷺坂さん、酢飯の味はこれくらいでいいですか？」

作業をしていると、明澄が味見を求めてやって来る。

なるべく俺の好みに合わせようとしてくれているらしい。

「おー、いい感じだ。うん、美味しい」

明澄が小皿に分けて持ってきた酢飯を俺はひょいとつまんで口にした。絶妙な甘みとお酢の香りが口いっぱいに広がる。硬めに炊いた米も口当たりがよくなっているし、ばっちりだろう。

その味に俺が指で小さく丸を作ると「よかったです。お邪魔しました」と明澄は破顔して、キッチンへ戻っていった。

(アイツらが恋人がいいって言うのも分かる気がするわ)

一連のやり取りと明澄の所作に、そんな感想を抱いた。

髪をハーフアップにした明澄のエプロン姿を眺めていると、まるで家庭を持ったような気持ちにさせられる。

交際を望むなんてありえないし恋愛感情すらないが、俺の中から男が消えた訳でもない。いいな、と思うくらいで、非現実的な夢を抱く感覚に近いだろう。

「なんですか？　じろじろと」

キッチンに飛ばしていた視線を千種色の瞳に捕捉された。

明澄が訝《いぶか》しげに眉を顰める。

「彼女でもないやつが、自宅のキッチンでエプロンして飯作ってるの不思議だなって」

「はぁ？　……まったく、そんな事を考えていたんですか。早く仕事してください」

「すみません」

「まぁ、分からなくもないですけどね」

明澄は手を動かしながら小さく口にする。

「ほう」

「実は朱鷺坂さんがキッチンに立っていた時はちょっと頭によぎりましたから」

「聖女様でもそんな事を思うんだな」

「ちょっとですからね。あなたと違ってまじまじと見てませんから」

「へいへい」

言っていて恥ずかしくなったのか、明澄は強めに断りを入れてくる。

心なしかその包丁が刻むリズムが早くなっている気がして、俺はにやけた。

「なんですか？　その目は」

ギロリと明澄に睨まれ、さらに手に持つ包丁がギラリと照明を反射する。

「なんでもないです」

とりあえず、そういう事にしておこう。下手に機嫌を悪くしたら手に持った包丁が怖い。

今度SNSに上げるイラストのシチュエーションは「キッチンに立つ女の子」にしようと、俺はひっそり決めつつ、戦線から離脱した。

後日、明澄に今日の事をモデルにしたと勘付かれて怒られるのは、また別の話。


「そろそろお食事にしましょうか」

キッチンから涼やかな声が聞こえてくる。

明澄が夕食を作り始めてから一時間もしないうちに、恵方巻きやお吸い物などがダイニングテーブルに揃った。

明澄が作った恵方巻きは海鮮とサラダ巻きの二種類。海鮮はエビやイクラ、マグロ、サーモン、ブリがふんだんに使われた豪華な恵方巻きになった。

もう一つのサラダ巻きは、レタス、ツナ、卵、サーモンが巻かれていた。

「もうそんな時間か。……おお、美味そうだな」

「食材がいい物ばかりですからね」

エプロンを脱いだ彼女はそう言って、髪を下ろしながら席に着く。俺はタブレット端末を片付けて台所で手を洗ってから、その正面の席に座った。

「今年の恵方ってどこだっけ？」

「えっ……と北北西ですね」

「こんなの誰が決めてるんだろうな」

「歳徳神《としとくじん》という神様のいる方角を毎年、恵方と十干によって決められるそうです」

「へぇー」

「ちなみに恵方は一六方位のうち四方だけなんですよ」

「博識だなぁ」

不意に思った事を口にしただけだが、明澄から詳しい回答があって俺は感心した。

学年トップの成績を誇るが、雑学力の大会をやらせても活躍は間違いないだろう。

そんな雑学もほどほどに俺と明澄は恵方巻きを手に取ると、今年の恵方を向いた。

(意外とでけぇな)

食材を余らせないよう使い切ったので、大きめになっていてかぶりつくのが躊躇われた。

恵方を向いたはいいものの、明澄もどうやって口をつけるか悩んでいるようだった。

その小さな口では丸かじりというのは少し厳しいだろう。

「あんまり見ないでください。大きく口を開けるのは恥ずかしいので」

「そんなもんなのか?」

恵方巻きに苦戦する明澄が面白くて、じっと見ているとむっとした明澄から苦情が入った。

その頬にはほんのりと朱が差している。

「そういうものです。だってはしたないじゃないですか」

「誰も気にしないとは思うけどな」

「私が気にするんです。朱鷺坂さんはもう向こうでも向いていてください」

「恵方に向かないと意味ないんだが?」

「あなたなんてあちらの鬼門で充分です」

女子にとって大きく口を開けるのは躊躇われる。

そんな事を気にした事もない俺には共感しづらく、デリカシーに欠けていた。

明澄は鬼門を指差しながら怒っている。

面倒くさい事になる前に「もう見ないから許してくれ」とすぐに謝罪を入れた。

暫くじとーっと睨み付けられたものの、「仕方ないですね」と怒りを収めた明澄と一緒に、今度こそ恵方巻きに口をつけるのだった。

「あむっ……」

二人して習わし通り、無言になって口を動かす。

見るな、とは言われたがやはり気になってしまうもので、隣にちらりと視線をやると明澄は苦戦しつつ恵方巻きと戦っていた。

もきゅもきゅと、恵方巻きに小さな口でかぶりついていて、まるで小動物のようだ。

(可愛らしいな……)

暫く横目に見ていたが、あまり見すぎてもよくない光景でもあって、俺も恵方巻きに向き直ってちょっと苦戦したものの最後まで食べきった。

「朱鷺坂さん、どうでしょう？　美味しいです？」

一本食べ終わったところで、明澄が恐る恐る味の感想を尋ねてくる。

いつもの明澄らしくないどこか不安げな表情は、まるで料理に初挑戦した子どもが母や父にその味を伺うかのようなものだった。

「もちろん、凄く美味しかった。酢飯の味付けも甘みと酸味のバランスがいいし、ネタの下処理も完璧で臭みもない。カットも綺麗だし、これに文句は付けられないな」

不安そうだったから忖度をして答える、なんて事を俺はしなかった。

味に不備があればそうしただろう。初めは何があっても美味しいと言うつもりでいた。

だがそれは杞憂だった。とても美味しかったし、悪いところは何一つとして見つからない。

朗らかに笑って誤魔化しのない本音で感想を返した。

「そうですか、何よりです」

明澄はそれほど喜ぶ素振りを見せなかったが、安堵《あんど》はしたのだろう。

ほっ、と一息ついてから目を細め口許を緩めていた。

俺の手料理を振る舞われていた明澄からすれば、どこかプレッシャーがあったはずだ。

恵方巻きはそれほど難しくはないが、シンプル故に巻き方や酢飯の加減、米の炊き具合などが目立つ料理といえる。

料理中に明澄から何度か味見を求められたが、そういう背景があったのかもしれない。

ただ、今日は特別に高級食材を使用したおかげでもあったとはいえ、手放しで褒めちぎってしまうくらい美味で、残りも早くに完食した。


「あー美味かった！　ごちそうさまでした」

「お粗末さまです」

「水瀬《みなせ》に食材を任せて正解だったな」

かなり満足した様子で俺は腹をさする。

「こんなに美味いのを作ってくれるんだったら、もう少し早く身バレしてもよかったかもな」

「ふふっ、そうかもしれませんね。こうして喜んでもらえるという感覚を全然知りませんでしたから、そういう意味では同感です」

最初は最悪の事態が起きてしまった、と絶望したものだが、こうして忙しい時に手料理を食べられるなら考え方も変わるというもの。

それに、作る側の喜びや作り甲斐は馬鹿にならないものだ。その衝動が職に繋がる人がいるし、俺は直に見てきている。

大事な経験であるし、一度は誰もが通って欲しいとまで思っている。

以前、明澄はぷろぐれす公式チャンネルの番組企画か何かで作っていた気がするが、特定の誰かに向けた料理をした事がなかったのだろう。

温かいお茶を入れた湯呑みに口をつけながら明澄は小さく笑っていた。

「親御さんに振る舞ったりはしなかったのか？」

「ないです。あの両親にはとてもじゃないですけど、私の手料理なんて食べさせられません。私が作るのを嫌がりますし」

自分を卑下するように冷たく、寂しそうな物言いをする明澄は苦い表情で俯く。

これだけ上手なら家族と料理を練習したか、習ったりしていたのかと思ったが、どうやら見当違いもいいところだった。

要らん事を聞いた、と後悔したのが顔に出たのか、それを察した明澄に「気分を悪くさせてすみません」と謝らせてしまった。

申し訳ない気分でいっぱいだ。

「家族の事を聞いた俺が悪い。今後は気をつけるから、またご飯作ってくれるとありがたい」

(まずったな)

人によってデリケートな部分である家族の話題は、あまりするものではない。

自戒をしつつ俺は頭を下げた。

「全然気にしてませんよ。喜んでもらえて嬉しかったですから、また作らせてくださいね」

本当に気にしていないのか、明澄は柔らかく笑った上にそんな言葉までかけてくれる。

やはり優しい少女である。優しすぎるくらいだが。

「もちろん。これからも頼む」

「はい。先生の絵のためですから」

「ほんと水瀬には感謝しかないよ」

料理にしろ掃除にしろ明澄の手伝いがなければ、また多忙すぎる一人暮らしに戻ってしまう。

明澄からそう言ってくれるのは本当にありがたかった。

「それにしても人と食卓を囲むというのはいいですね」

温かいお茶を啜りながら明澄はしみじみと漏らす。

それには俺も完全に同意して、うんうんと頷いていた。

「そうだなぁ。去年までずっと一人だったからな。自分の作った料理を美味しそうに食べてもらえるってのはめちゃくちゃ嬉しいもんだし」

「ですよね。今日知ったこの感情はずっと忘れないと思います」

湯のみを見つめる明澄は噛み締めるように言葉を紡《つむ》ぐ。

「んな、大げさな」

「そんな事ないですよ。というか忘れたくないです」

俺は苦笑したが、彼女は本気でそう思っているらしく、ふるふると頭を振って言い直した。

余程、彼女にとって思い出になる経験だったらしい。

明澄の過去や家族の事は知り得ないが、なんにせよそう思えるのは大切な事だろう。

「ごめんなさい。今日は少ししんみりしてしまいましたね」

「たまにはいいんじゃねぇの。というか普段が騒がしいだけかもな」

眉を下げた明澄が苦く笑って謝罪を口にしたが、今度は俺が頭を振った。

いつもは早めに洗い物を済ませて明澄は帰ってしまうし、俺も仕事に戻るだけ。雰囲気はともかく、行動は各々が事務的で淡々としている部分はあった。

だから食後にのんびり話す事は少なかった。であれば、こうしてまったりするのも悪くはないだろう。

何より意外とこの時間を気に入っているのだ。

着実に去年までの生活とは一変してきているが、たまに騒がしく時に穏やかで、揶揄ったり揶揄われたり、誰かと共有するゆるりとした時間は保養を与えてくれる。

この友達でも恋人でもないからこその気兼ねなさは心地いい。俺の性格によく合っている。

「それに今日は配信もないし、ゆっくりすればいいと思う」

「そうですかね。では、もう少しだけ付き合ってくださいますか」

「……ああ」

庵が気遣うように言うと、明澄は目を瞑っててくたりと椅子の背もたれに身体を預けた。

それから暫く他愛もない事を話したり、お茶を啜るだけだったりと、珍しく二人の間にはゆっくりとした時間が流れるのだった。

第6章　新衣装とバレンタイン

「滅びろ。バレンタイン」

時は節分より少し遡《さかのぼ》ったある日の事。

バレンタイン当日はともかく、三週間以上も前に呪言を唱えた高校生は数少ないだろう。

けれど一月の某日、俺《いおり》は確かに恨み節を口にしていた。

「バレンタインイベのイラスト、アニメのエンドカード、新衣装のデザイン……終わらん」

「先生……」

指折り数える俺の瞳には光がない。そんな彼の隣で明澄《あすみ》は心配そうに見つめていた。

忙しさがピークに達している証拠だ。

去年の後半はクリスマス、大晦日、正月のイベントに追われ、少し安らかな年末をすごしたかと思えば、バレンタインがすぐにやってくる。

しかも季節物なだけあって、絶対に少しも延ばせない締切りだ。

季節系の行事は、ソシャゲや漫画などに欠かせないイベントで当然サブカル業界も忙しい。

俺と同じく叫んでいるクリエイターがどこかに居る事だろう。

「すみません。私がこんな土壇場に新衣装の修正を依頼しなければ……」

「いや、それはほぼ終わってるからいいんだ。むしろ推しの新衣装なら毎月だって歓迎する」

「それはどうかと」

今は明澄と相談しながら、バレンタインに披露する氷菓《ひょうか》の新衣装デザインを詰めていた。

一度決まって提出していたのだが、元の期限ギリギリになってどうやら納得がいかなかったらしく、再度細かい修正を施している最中だった。

本来は期限を延ばせないので受けはしないが、二年も付き合いがある仲だから特別である。すぐに会えるからやり取りのロスもないし、本当に例外中の例外だ。

「――ここさ、チョコのイメージで全体的にブラウンぽくなるからスカートは薄青とか紺で引き締めて。派手すぎないのがいいならフリルを抑えてみるか？」

「はいお願いします。あと、ブレスレットは参考画像があるので見てもらっていいですか？」

新衣装のデザインは軽微な修正だけ。明澄と逐次相談しながら進める。

これです、と自身のスマホの画面を見せるため、俺とデスクトップの間に明澄が入ってきた。

(近い……)

「あ、ああ。いいよ」

返事の際、俺は僅かに仰け反る。

明澄は彼のイラストが間近で見られるのが嬉しいのか、距離がかなり近かった。

今日は何度も肩が当たるし、彼女の髪から漂うシャンプーの香りがどうにもこそばゆい。

「どうかしました？」

明澄は気づいていないようで、尋ねるその瞳は純真そのもの。やっぱり言えなくて「なんでもない」と誤魔化しつつも、健全な男子である俺は少し参っていた。

「とりあえずスカートの変更とブレスレットを足してみるから、二〇分ほど待っててくれ」

「分かりました。後で飲み物をお持ちしますね」

方向性が決まったので、あとは少し描き加えるだけの作業になる。

ここに居ても邪魔になるだろうと察した明澄は、一言伝えてから部屋を出ていく。

邪魔なんて微塵も思わないけれど、ようやく俺は作業に集中が出来そうだった。


「おーし！　こんなもんかな。水瀬《みなせ》ー」

予定通り二〇分ほどで、作業を終わらせた俺はグッと背を伸ばす。

デザインは最終的に白のブラウスにコルセット付きのパニエで膨らませたスカートにした。

その出来映えに満足しつつ、明澄を呼び寄せた。

「はーい。お邪魔しますね」

俺の声に反応してドアがノックされると、明澄が戻ってくる。

にこやかな表情をドア付近へ向けた俺だったが、なんと明澄は俺が資料用に買ったメイド服を着ていた。

「いい感じに出来……って、ええ!?」

そのせいで素《す》っ頓狂《とんきょう》な声をあげてしまった。

「衣装をクローゼットからお借りしたのですが、ど、どうですか。似合ってます？」

「いや似合ってるけどさ。なんで？」

「今回の衣装とちょっと似てますし、エプロンとか参考になると思いまして。あ、あと私のわがままを聞いていただいてる罪滅ぼしを、と思いまして」

明澄は紅茶の入ったカップを載せたトレーをテーブルに置くと、その場でクルっと一回転して若干照れくさそうにスカートを摘んでみせる。

明澄のスタイルの良さや艶を帯びた銀髪、整った顔立ちがメイド服姿をより映えさせていて、まるで海外から来た本物のメイドのようだった。

もうこれが新衣装でもいいんじゃね？　と俺は思い始めるほどに完成された存在だった。

「待ってくれ、どこにスパチャしたらいいんだ？」

明澄のメイド服姿があまりにも素晴《すば》らしくて、俺はスマホと財布を取り出そうとする。

「しなくていいですから！　朱鷺坂《ときさか》さんのためですし」

さらに明澄が自分のためとまで言うのだから、俺のボルテージはまた上がっていく。

明澄の振る舞い、言動は尽くす事が仕事であるメイドとしての役割を体現していた。

「そうだ。しゃ、写真！　資料用に撮らせてくれ。顔は撮らないから」

「えぇ……いや、まぁ、前に約束しましたしね。いいですよ」

「おお！」

「あと、絶対に人に見せないなら顔も許します。そのほうが資料になると思いますから」

顔（表情）を含めた全身を資料に出来るのと出来ないのでは全然違う。

明澄はそれが分かっていたのだろう。条件付きだがすんなりと許してくれた。

「ははー、水瀬様。ありがたや」

感謝のあまり俺は拝むように頭を垂れた。

「そ、そんな別に頭を下げなくても……。私がメイドであなたが、ご、ご主人様でしょうに」

何を思ったか若干言い淀《よど》みながらも、明澄はご主人様なんて口にしだす。

それだけで俺の心臓が弾け飛んでしまいそうなくらいの破壊力がある。

先日のママ発言でもおかしくなりそうだったが、これはこれでおかしくなりそうだった。


「いいね！　いいね！　最高だ！　よーし脱いでみよっか！」

「グラビアアイドルの撮影じゃないんですが」

「すまん。ついやってみたくて」

休憩がてら撮影が始まれば、水着グラビアを撮るカメラマンのロールプレイングをしてみたりと、俺はテンションが上がりきっていた。

「何かご指定のポーズとかありますか？」

「そこに横向きで寝転んでくれるか？　ストレッチ用のマットあるから」

「……こ、こうでしょうか？」

「あーいいね」

俺の指示に従い、明澄は好きなポーズで写真を撮らせてくれる。容姿の良さに加えて、３D

の身体を持つＶＴｕｂｅｒとしてポーズをとるのは慣れているのか、資料としては最高峰のものが誕生しつつあった。

　無駄に高性能なデジカメを買っていてよかったと、俺は満足げに口の端を歪める。

「ダブルピースいける？」

「はい、どうぞ」

「ぺたんって座って上目遣いとかいい？」

「仕方ありませんね」

「次はとびきりの笑顔でニコッ！」

「……に、にこっ！」

「舌ぺろしながらウインクとピース！」

「そ、それは私の尊厳に関わります！」

　若干怒らせたりしながらも、明澄はそこそこ無茶なポーズなどもこなしてくれたし、果てにはメガネを付けたり簡単に髪型まで変えてくれたりと大盤振る舞いだった。

　一つ悔いが残るとすれば、今着ている膝丈のスカートではなくてロングバージョンもあればなお良かっただろう。まだ見ぬクラシカルメイドが惜しまれた。

　今度買っておこうかなと、俺は密かにそう思うのだった。

「はぁー。疲れました」

　ひとしきり撮影し終えると、どっと疲れた様子で明澄は汗を拭うフリをする。

「ありがとう。マジでありがとう。ゴッドありがとう。オメガグッジョブ！」

　一方、感謝しきりでカメラロールを見る俺はホクホク顔だ。

「ど、どういたしまして。ご主人様」

「マジでスパチャ投げてぇ。罪滅ぼしとか約束とか以上の見返りだったし、何かしてやらないといけないレベルだな」

　何かいるか？　とちらりと明澄を見やる。

「そ、それなら、ご褒美が欲しい、です、ね……？」

　恥ずかしがりながら明澄はやや上目遣いで、おずおずとおねだりする。きっと、まだロールプレイングをしてくれているのだろう。

　結構ノリノリにやってくれるタイプだと判明したし、こういうところはVTuber活動から影響があるのかもしれない。

「よし、言ってみてくれ」

「それはご自分で考えてくださいな。そのほうがこのロールプレイにぴったりでしょう？　ね、ご主人様？」

　唇に人差し指を当て、ノリよく明澄はメイドプレイを続ける。

「お、おう……」

　人に媚びる事のない明澄からここまでご主人様を連呼されると、調子が狂いそうになる。

　俺はこういった傅《かしず》かせるものを望まないし苦手なのだが、明澄は既に把握しているらしい。

撮影で多少辱めた事もあり、意趣返しとばかりに若干揶揄いが交ぜられていた。

「そうだなぁ。……じゃあ、ちょっとこっち来てくれ」

「いいですけど、何を？」

「ほれ。これでどうだ」

揶揄いには揶揄いをと、俺は机の引き出しから猫耳を取り出して、のこのこやってきた明澄の頭に装着してやる。

いわゆる、猫耳メイドというやつだ。

「何を着けたんですか、これ？」

机は明澄の死角にあったし、猫耳は素早く着けたから明澄には見えなかったようだ。

それを確認しようと明澄が上を向くのだが、たまたま上目で見る猫みたいな仕草になった。

(に、似合いすぎてる……)

「朱鷺坂さん？　何をくすくすと」

「ん。着けたのは猫耳だよ。これが結構似合っててな。いいご褒美だろ」

「なっ!?　それは、あなたが楽しみたいだけでしょう！」

思ったより可愛くなってしまって反応しそうになったのを誤魔化しつつ答える。

真実を知った明澄は顔を赤くして迫ってきた。

正直、動けば動くほど可愛いので、ぷるぷる震えて笑いそうになるのを堪えるので必死だ。

本人はそんな状態である事を露ほども知らずに「聞いてるんですかっ」と抗議していた。

「いや、今の可憐さに、より可愛らしさをプラスしてやろうと思ってな」

「か、可愛いって……おだてても何も出ませんし、それ私利私欲しかないじゃないですか」

「んじゃ、にゃんって語尾で我慢しよう。はい、どうぞ」

「……にゃ、にゃあ、って、しませんからっ！」

流石に語尾まではサービスの範囲外らしい。

流されかけた明澄はすんでのところで我に返り、少し耳を赤くさせながらそっぽを向く。

そして、俺の作業が捗《はかど》った。もちろん新衣装以外の他の締切りも無事である。

＃　＃　＃

「行きますよ？　今回の新衣装は……こちらです！」

二月一四日、バレンタイン当日。

五万人以上の視聴者を集め、氷菓《明澄》は新衣装のお披露目を行っていた。

放送開始から三〇分くらいたった頃だろうか。

氷菓の足元から焦らしつつ、彼女は衣装を徐々に披露していく。

「はい！　ママにこんなお洋服を用意してもらいましたっ！」

そして満を持して披露された新衣装は、白のブラウスに薄青のコルセットスカートという可愛さに重きを置いた、当たり前だがあの時一緒に案を出し合ったデザインだ。

首元にはハートのアクセサリーが付いた紐リボン、ブレスレットや髪留めはチョコをイメージして作られている。
細かい部分にも俺と明澄のこだわりが見られるデザインだった。
：かわいい
：¥2690　かわいい！
：可愛すぎん？
：¥10000　くっ！　バレンタインなんてお菓子会社の陰謀なのに……こんなの投げずにいられねぇ！
：HK$250.00 きゃー！　どこかのお嬢様ですか!?
：¥10000　隊長、五万人が尊死しました！
：¥30000
：¥5000　はい、最高
：マッマがええ仕事しとる
：ありがとう、ありがとう、ありがとう…
可愛いを極めたような新衣装姿の氷菓が画面に現れると、コメント欄は一瞬にして「かわいい！」で溢れる。また、投げ銭をするリスナーはそれに熱い思いを乗せていたりと、盛り上がりは焦らされた分、最高潮へと達していた。
「どうですかこの衣装！　可愛すぎませんか!?」

にこにこというより満面の笑み、と言った表情の氷菓が存分に自慢する。

もちろん自室にいる明澄本人も笑顔だし、放送を見ている俺も満足げに誇らしい顔をしていた。

(我ながら最高すぎた。この瞬間がたまらん)

「見てくださいこの刺繍《ししゅう》や髪飾り！　私が考えたのをママが作ってくれたんです！」

彼女の自慢はとどまるところを知らず、衣装の隅から隅まで、自身のミニキャラを使ったマウスカーソルでリスナーたちに解説していく。

：かんきつ　ふっ、天使を生み出しちまったぜ

作業部屋に居る俺は、にこやかにコメントを打ち込む。それはもう楽しげで、えびす様も顔負けの笑顔だ。

「あ、ママも居ますね〜！　ふふふっ。私とママの欲望を詰め込んだ甲斐がありましたね！」

：ママもようみとる

：¥1000　ママありがとう！

：ママにもスパチャ出来ないの？

：¥8000　神が降臨されとる

：ママに一生ついて行きます

：¥320　ママも新衣装頼む

：ママありがとう！

ノリノリの庵のコメントに氷菓が反応したり、リスナーたちもわいのわいのとお祭り状態だ。
デザインの出来に自信はあったが、この瞬間ようやく報われるような思いだった。
：かんきつ　これからもいっぱい衣装仕立ててあげるぞ！
「ママの衣装を着られるのは世界で私だけですからね！　私はとっても幸せですっ」
：CA$50．00　うかんきつてぇてぇ
：てぇてぇ！
：¥8000　てぇてぇなぁ
：てぇてぇよぉ
：viva！　うかんきつ
：てぇてぇ
氷菓とかんきつのそのやりとりは、一気にリスナーたちの胸を尊い感情で埋め尽くす。
果てにはツイックスのトレンドにまで載り「氷菓 新衣装」「新衣装」「うかまる」「うかんきつ」がトレンド入りしていた。
「実はですね。こんな可愛い衣装を作ってくださったママといつも応援してくれてる皆さんのため、この衣装限定のモーションを作ってもらったんです！　見ててくださいね！」
：お、なに？
：お？
：ん？

：見てるよ！

：お？

：なんやなんや

これです！　と意気揚々に横に揺れると、氷菓が通常のモーションとは違う動きを始めた。

今回実装されたのは、氷菓が赤らめながら上目遣いでバレンタインチョコを渡すという、非常に破壊力抜群のモーションだった。

可愛らしさ満点の新モーションは、俺だけでなくリスナーの心をもわし掴んだようで、

（え？　なんだこれ!?　めちゃくちゃ可愛いじゃねえか!!）

俺がそう思った瞬間には、また可愛いの大合唱が始まり、コメント欄が重くなるほど可愛いとか尊いだとかの書き込みが相次いでいた。

「どうですか！　バレンタインのプレゼントは可愛い私、です。なんちゃって」

もう一度、明澄は新モーションを使って俺とリスナーに向けて、そんなセリフまで口にする。

大盤振る舞い、大サービスも大サービス。

確実に視聴者を仕留めにきていた。ついでに俺も仕留められた。

：九重零七《ここのえれいな》／Ｋｏｋｏｎｏｅ Ｒｅｉｎａ　氷菓、可愛いよぉ。結婚してー！
：真昼夜々《まひるよよ》【ぷろぐれす】　わたしの後輩が可愛すぎるんだが？
：かんきつ　だめだ、これはやばい！　モーション担当神かよ！

零七や夜々までも現れたコメント欄は当然の如く、尊死者で溢れ返る。俺は推しの愛らしい

Happy Valentine

姿に限界化して興奮のあまり、思い切り足先を机の脚にぶつけたが、それどころじゃなかった。

そうして、氷菓の新衣装配信は大好評のうちに放送を終え、その日のツイックスやY◯uTubeなどのトレンドを席巻《せっけん》するのだった。


「朱鷺坂さん、私の新衣装のお披露目配信どうでしたか？」

「控えめに言って最高。特にあのモーションは死人が出る。というか俺は死んだ」

配信を終えると、ちょっとした打ち上げを兼ねて二人は遅い夕食を取っていた。

「正直、私も初めて見た時は、同じ反応をしましたね」

「よく、あんなの考えたな」

「やっぱりバレンタインですし、チョコを渡すモーションが欲しいじゃないですか。なのでモデリングとモーション担当の方に相談したらこうなりました」

「こうなりましたじゃねぇよ。何やってんだモデラーとモーション班。やっぱすげぇわ」

新モーションは新衣装をデザインした俺ですら思わず唸《うな》るほどのサプライズだった。

最近、ぷろぐれすの配信用アプリに新モードが搭載されたらしく、運営からは先陣を切ってくれるはありがたい、とまで言われたそうだ。

あまりにもいい仕事をしていると言わざる得なかった。

「それにしてもコメント欄えげつなかったな」

「私も久しぶりにあんなに盛り上がるコメント欄を見ました」

「可愛いのオンパレードだったし、みんなあのチョコには喜んでたなぁ」

新衣装配信やお誕生日配信など節目になる配信では、普段からは想像もつかない盛り上がりを見せる事がある。

今回は特にウケが良かったようで、スパチャの金額もとてつもない額になっているらしい。

それほど可愛いや尊いという感情が、ファンを沸かせるものだと改めて実感した。

「あと、かんきつ先生に渡してこいとかも言われてましたね」

「くれるのか？」

「ごめんなさい。用意してません」

「いや、いいよ。期待はしてなかったから。俺が悪いんだけど。なんか、悲しい感じになっちまった」

「ふふっ。来年はチロル○ョコくらいでよければ用意しておきます。かんきつ先生も3Dとかになってくれたらそっちも渡せるんですけどね」

「てぇてぇ営業も進化させるかぁ」

「てぇてぇもマンネリするかもですしね。あ、今、ふと思ったのですけど」

「おう」

「私たち、ネットではてぇてぇなんて言われていますけど、こちらではお互い苗字で呼んでるのはちょっと変だなあって。それだけなんですけどね」

これまでやってきたてぇてぇ営業について話していると、ふと明澄がそう言い出した。

ネット上ではお互い、ママだったり、娘、氷菓などと呼び合っていて距離が近い。しかも、普通に推しとか言うし、大好きなんてのも普通だ。

なのに、こうしている今はお互いに苗字呼びのままだ。

ネット上の事を現実に持ち込むものではないが、温度差がありすぎるのも事実で、それを明澄は不思議に思ったらしい。

俺も「確かに」と苦笑気味に同意した。

「あの、朱鷺坂さんの事、友人と思っていいのですよね？」

明澄は恐る恐るといった感じで尋ねてくる。

そんな表情をするのは、やはり身バレするまで自分が取っていた態度があったからだろう。

夕食を作り合ったりしているが、心配や親切心から来るもので、友達というには少々事務的なところがあった。少し前までは俺も友達とは違う関係だと思っていた。

ただ、今は友達じゃないと言うには無理があるし、明澄もそう思って質問したはずだ。

正面に座る明澄の瞳には不安の色が映っている。俺はそれに小さく笑みを返すと――

「そんな事聞くなよ。友達と思ってなきゃ、ここまで関わってないって」

若干気恥ずかしそうにしつつも、明澄の不安を吹き飛ばすようにそう口にした。

「……ふふっ。そうですか。そうなんですね」

俺が出した回答に、明澄はクスリとしながら小さく噛み締めるように呟く。

なんかおかしかったか、と首を捻ったが、明澄が今度は優しい笑みを見せつつ「なんでもありません」と、短くはぐらかした。

そうしたのち、数十秒ほどのなんとも言えない沈黙が訪れる。

「……あの、庵くん……」

明澄は少し首を傾げて何やら考えた後、ちらりと見上げるようにして彼の名前を呼んでいた。

今までその瞬間ほど、俺の心臓が飛び跳ねた事などなかっただろう。

「え？　なんだ、急に名前で呼んだりして……。どうした？」

テーブルに頬杖をついていた俺は、横目でぎょっとした視線を向けたのち、ばくばくと煩《うるさ》すぎる心音をかき消そうと言葉を捻り出した。

「今ってそういう流れだったじゃないですか」

「……うーん？」

「え？　違うのですか!?」

「友達が少ない俺に聞くな。分からん」

「も、もしかして、とても恥ずかしい事をしたんでしょうか」

庵の返答ごとに、明澄は驚いたり困惑したりと忙しそうに表情を変える。

「もしかしなくてもそうだよ」

「うぅっ……忘れてください」

真っ赤になった頬を押さえる明澄は、俯きながら消え入りそうな声で呻く。

その頃には俺も恥ずかしさから、僅かに顔を背けて黙ってしまった。

「……なぁ、明澄……。これでいいか？」

何故そうしたのかは分からないが、俺は早々とその沈黙を破る。

いつの間にか俺は尋ねるように、彼女の名前を口にしていた。

「ふぇ!?　え、えっと、あの？」

驚いて呆気にとられたらしい。明澄から聞いた事がない、腑抜けたような声が漏れ出る。

彼女は可愛らしい小さな口をぽかんと開け、その千種色の瞳をぱちぱちと瞬きさせていた。

「名前で呼んでいいんだよな？」

「はい……いいです」

お互いに名前で呼ぶ。

明澄が求めていた、想像していたのは恐らくこうする事だったのだろう。

双方その距離感の測り方や作り方、友達の定義なんて考えるほどには友達が少ない。

だからそんな風に不器用な過程を経ながら、俺と明澄は僅かに相手の領域に踏み込んだ。

「庵くん」

「なんだ？」

「言ってみただけです。まだ恥ずかしいので練習です」

名目付けなのか素なのか不明だが、明澄は無邪気な照れを見せる。

彼女は言葉通り練習のつもりだったのかもしれないが、俺にしてみればたまったものじゃない。

僅か七〇センチメートル先で、そんな振る舞いをされたら、かっと顔が熱くなるというもの。

「ばかたれ。俺が恥ずかしいわ」

ふい、と顔を逸らした俺は、ぼやき気味に零す。

湯のみに浮かぶ茶柱を眺めつつ、ふと目線だけ正面に移すと、その端正な顔に緩く慈愛に満ちた笑みを携える聖女様がいた。

第7章　もう一つのバレンタイン

「と、とき……庵《いおり》くん。少しいいですか？」

バレンタインの翌日の帰宅後、明澄《あすみ》と今後の配信や企画について打ち合わせをしていると、彼女は躊躇いがちに切り出した。

まだ名前で呼ぶのに抵抗があるのか、それとも苗字で呼んでいた頃の癖が抜けないのかは分からないが、若干そわそわしているように見えた。

「どうした？」

「え、えっと……週明けの晩ご飯は何がいいですか？」

「え、急にどういう？」

買い出しは各々でしているから、俺の返答によって予定が色々と変わってくる。

自分が担当する日のメニューについて聞きたかったらしいが、どこか様子がおかしい。

そもそも打ち合わせの途中に、脈絡のない話を挟むなんて明澄らしからぬ行動だろう。

俺が戸惑う中、やや下を向く明澄は制服のスカートを居心地悪そうに摘んだりしていた。

「もしかして寒いのか？」

「え、あ……」

「スカート摘んでるだろ？　タイツ履いてるけど膝下とか寒いのかなって」

「そ、そうですね！　ちょっとだけ寒いなって思ってました」

その仕草の真意を俺は探る。思い付いた事から聞いてみると、明澄が食い気味に答えた。

指摘は正解だったらしい。けれど難しく笑っているあたり、まだ何かあるのだろうか。

思い付く事といっても、あとはデリケートな事ばかり。

とりあえず俺はエアコンの温度を上げておくに留めた。

「これであったかくなるだろ。まだ寒かったら言ってくれ。電気ストーブ出してくるから」

「あ、ありがとうございます……庵くん」

エアコンのリモコンを置いた俺はそう気遣う。

明澄もはにかみつつ、小さく俺の名を口にしていた。

「さて、今度のコラボだけど誰がいいだろうな」

「……」

「明澄？」

「な、なんでしょう？」

「いや、ゲストの話。大丈夫か？　体調悪いのか？」

「い、いえ、ちょっと悩んでいたので。すみません。ゲストですよね」

話を戻しても反応が薄かったり、どこか上の空というか集中力がないというか、いつもの明澄らしくない。

真面目な彼女の様子がこれほどおかしいと、心配になってくる。

「カレンさんとか呼んでみますか？」

「あー、あの風呂入んねーやつか。前に会った時、だいぶ酷かった記憶がある」

「あ、ははは……。豪快な方ですからね」

「言葉選びすぎだろ。豪快というより無頓着……悪口になりそうだからやめとこう。うん」

「配信は麻雀でもしましょうか」

「そうだなあ。零七《れいな》も呼んで四麻《よんま》か」

「だったら、カレンさんと零七に話を送っておきます」

「ＯＫ。あと今度課外合宿あるだろ？　その前に仕事詰めるから、そのコラボ以外は休ませてくれ」

「あ、そうでした。二泊三日の林間学校がありましたね。分かりました、考慮しておきます」

「なんで、こんな時期に行くんだって話だよな。入試とかあるのに」

「色々と事情があるんでしょう。仕方ありません。暫くゆっくりしましょう」

二人の所属学年である一年生は、今月の下旬に林間学校としてスキー合宿がある。

打ち合わせもほどほどにしつつ、今度は学校の行事について話し合ったりもした。

終始明澄が何か気にかけているような、言いたそうな雰囲気を醸《かも》し出していたが、結局聞けず終いのまま時間だけがすぎた。

「よし。そろそろ配信だろ？　また、夕食作って待ってるわ」

「あ、はい。よろしくお願いします」

「じゃあ、また後で」

「……」

明澄の配信の時間が近づいてくると、俺は話を打ち切った。

バレンタインもすぎ、仕事も落ち着いたので今日は俺が夕食の担当だ。作業部屋に残る彼はゲーミングチェアに座ったまま小さく手を上げ、明澄を見送ろうとする。

いつもはそのまま明澄が自宅に戻っていくのだが、今日は何故かその足取りは重そうだった。

どこか体調がおかしいのか。明澄は弱音を吐いたり見せないので、余計に心配だ。

身バレしてから二ヶ月ほどの付き合いだし、名前を呼び合うようになったのも昨日。

それで何が理解出来るのか。彼女の何を察してやれるのか。何一つ自信は持てなかったが、やはり今日の明澄はいつもと違う。

意を決して俺が「ちょっといいか」と言い出したところで、明澄に変化があった。

「すぅ……ふぅ。……あの、庵くん。昨日は用意してないと言ったんですけど、これいつものお礼にっ」

意を決したのは明澄もだったらしい。

短く深呼吸をしたと思えば、彼女はおずおずと足元にあったバッグから赤いリボンで飾られた高そうなブラウンの小箱を取り出した。

その一瞬で俺の憂いも心配も不安も消え去る。

どうやらチョコを渡すのが明澄の今日の目的だったようだ。

きゅっと口を結び、頬に赤みを帯びさせた明澄は「バレンタインのチョコです」と、それを俺に差し出した。

「あ、ありがとう……？」

昨日の事もあって、まさかバレンタインのチョコを貰えると思っていなかったから、俺は戸惑いつつも明澄からその小箱を受け取った。

「すみません。すぐに渡したかったんですけど、なかなかタイミングが掴みづらくて」

「別にさっと渡してくれてよかったんだけどな」

先ほどからの様子のおかしさの原因は、チョコを渡すタイミングを見計らっていた事らしい。

時々、彼女が言い淀んだり何かを切り出そうとしたのはそういった行動の一端だったのだ。

ただ、俺としてみれば明澄がタイミングを見計らう意味が捉え切れなかった。

告白とか恋人に送るなら雰囲気も必要だろうが、俺と明澄はそういう関係ではない。

昨日は「用意してません」とまで言われたし、やっぱり明澄の素振りは不思議に思えた。

「昨日、配信でプレゼントは私です、なんてやってしまったのでどうしても思い出して恥ずかしかったんです。それに、思いつきで用意したし、こんなのした事もないです……」

徐《おもむろ》に視線を逸らした明澄は、バッグで口許《くちもと》を隠しながら紡ぐ。

「なるほどなぁ」

「そういう事なので……」

「明澄は明澄だし、氷菓《ひょうか》は氷菓だろうに。そんなに恥ずかしくないだろ。相手は俺だしな。本命や彼氏に贈るわけでもあるまいし」

「……！」

特に変な事を言ったつもりはない。

なのに、明澄はまるで鳩が豆鉄砲でも食らったかのように驚いた表情をして、固まった。

「何？　俺に気でもあるのか？」

「そ、そんな事はあり得ませんっ。そんなの最低です」

「最低って……そこまで言わなくても」

気があるわけではなくて、別のところに思うものがあってのあの反応だったらしい。

それにしても、酷い言われようだ。

好きとか言って欲しい訳ではないが、自分に恋愛感情を持つ事自体を否定されるのは、いくら相手に恋慕しているとかではないにしても少しきつい言い方に感じる。

「いえ違くて！　だって、もし私が想いを寄せていたら、わざわざ素っ気ない事を言ったり興味ない態度をとったりして、庵くんの警戒心を解いてた事になるじゃないですか」

「騙《だま》すのが嫌って事か？」

「そうです。私があなたに言い寄る人間だったら、庵くんはここまで許してないでしょう？」

「それはそうだ」

明澄の主張はとても純朴《じゅんぼく》なものだった。

恋の駆け引きの範疇だろうが、明澄にとってはしたくない事だから『最低』。慕情を抱いていないのにそう見られるはもっと嫌だろう。

あれは気があるなんてあり得ない、という意思を補強するものだったのだ。

俺に対して線引きをして、真摯《しんし》に友人としての関係性を大事にしている証左《しょうさ》になる。

何より、お前もこちらにそんな感情を持つな、持ったら離れるぞ、と言われているような気がした。

聖女様なんてあだ名が付く明澄が、どんな経験をしてきたのかは察せる。

今は無縁でいたい、とひしひしと伝わってくる。

要するに友人に対する考え方が真面目なのだろう。普通はそんな事考えないものだ。聖女様のイメージ通り、純粋無垢なのだろう。

時に打算や少々の狡さを持つのが人間だし、大人になるたび身に付けていく。

明澄は大人に見える事もある。だけど、ちゃんと等身大の少女らしさがあって、俺は「純情だな」と、苦笑気味に呟いた。

「だ、誰かと付き合った事すらない、庵くんに言われたくありません」

揶揄いも含めて庵が率直な感想を告げると明澄はつん、とそっぽを向いた。

そんな事はない、とは言い返せないのでそこはスルーしておく。

「と、というわけでチョコはお渡ししたので戻ります。市販品なので感想は気を遣わなくていいですから」

「ああ……また後でな」

「で、では」

若干、急ぐように言った明澄は最近は見せなかったぺこりと頭を下げる一礼をして、リビングから足早に出ていってしまった。

礼を言う暇もなかったからそれは明日にして、とりあえず俺は貰ったチョコの箱を開ける。

中には形の違う一口サイズのチョコレートが七つあって、封入されていた紙に目をやれば、チョコレート業界に詳しくない俺ですら知っているような高級メーカーのものと判明する。

感想に気を遣わなくていいとは言っていたが、明澄は美味しく食べられるようにと、ハズレがないチョイスをしたのだろう。

まず、ウイスキー入りのチョコを一つ摘んで口にすると、仄かに柑橘系の香りがした。

同時にカカオの苦味とウイスキーのアルコールで喉がじんわりと熱くなる。

しつこくない、ほどよい甘さは俺の好みだった。

「うま……めっちゃうめぇ」

語彙のない感想を呟きつつ、また一つ手に取って口にする。今度はラズベリー味だった。

甘酸っぱくてこれも好みだ。他も味わいたいが、一気に食べ切るのはもったいない。

箱を閉じた俺は余韻を楽しむものの、どうしてか妙にチョコの甘さが残るのだった。

一方、俺がチョコレートを堪能している部屋の外、マンションの廊下。

(私が渡すのを躊躇しただけで氷菓は関係ないのに、嘘をついてしまいました……)

悩ましそうに廊下の壁にもたれる少女が居た。

「なんで私は早く渡せなかったのでしょう？」

自分の行動も感情もまるで理解出来なくて、明澄はもどかしさでいっぱいだった。

彼女はその経験不足からまだ気づけていない。

異性にチョコを渡すのがあんなにも難しい事や、俺に恋心を抱いたりしていなくても、意識する自分がいる事に。

（そもそも、友達だって言われて急に用意するとか、浮かれすぎでしょう……）

小学生からの親友を除いて初めてと言っていいほどの新しい友人が出来て、それが嬉しい、なんて普通は何回も通るはずの感情を、明澄は遅れて体験している自分を恥ずかしくも思っていた。

正しく、他者を遠ざけ続けた弊害である。

俺にチョコを渡してから未だに熱が治まらない。あんなに恥ずかしいものか、と少しずつ分かってきた気がした。

気づけばカイロのように熱くなった頬を、明澄は冷えきった両手で包み込む。

第8章　乙女たちのお風呂配信

「はい。今夜はうかんきつと麻雀コラボ・スペシャルの時間です！　では早速ですが、開催場所の主、カレンさんからご挨拶どうぞ！」

バレンタインから六日後。

先日の打ち合わせより内容を変更し、俺《いおり》たちはゲストを招いたオフコラボを行っていた。

夜々《よよ》たちが以前から練っていたオフコラボの企画が通らなかったので、うかんきつの企画を合体させたらしい。

オフコラボと銘打っているが、俺は自宅からの参戦になる。女性ばかりだから炎上とか炎上とか炎上とかの対策であり、俺が他人と会う事を嫌うからでもあった。

「こんばんわぁ！　貴方の生命《ハート》を頂きに参りました、死神天使のカレン・アズライールですっ！　今日は勝ってここにいる全員に酒とタバコの良さを教えていくぜー」

カレン・アズライールと名乗った彼女は、黒いローブ姿に長い金髪の長身の美人で、大きな鎌を持っていた。

挑発的な瞳、少し際どい衣装、と妖艶なお姉さんみたいな雰囲気があるが、実はタバコ、酒、ギャンブルをする駄目人間として知られている。

ぷろぐれすに所属するライバーの仲間やリスナーからは、クズライールと呼ばれている始末。

そして風呂にもあまり入らないという本格的な駄目人間。

今日は罰ゲームとして、彼女を風呂に入らせるための麻雀コラボとなっている。

「おい、初手から酒やめろ！　未成年に勧めんな。あと、麻雀一番弱いくせに何言ってんだ。今日はお前の風呂配信だぞ。あ、俺はつよつよイラストレーターかんきつです。はい、次！」

「おはやー。どうも、最近雀荘で一〇回連続フリテンぶちかました雀荘のフリーテンこと、九《ここ》重《のえ》零《れい》七《な》でーす。今日は三人でカレンの家から配信してます。役満出したるでぇ！」

主催である二人が進行役を担い、さっさと脚本通りに回す。

またリスナーに手牌が見えるように麻雀アプリを使い、俺以外の三人のそれぞれの視点で配信するとかいう、オフコラボの強みが全く生かされていない、シュールな配信だ。

『麻雀じゃなくてよかったやろ』とか『たまにあるぷろぐれすのカオス』とか『かんきつママの無駄づかい』などと、リスナーに言われたい放題だった。

「そうだ、氷菓《ひょうか》。そのバレンタインの衣装可愛いね」

「ありがとうございます。ママに最高の衣装を貰いましたので」

「あ、バレンタインと言えば誰かにチョコあげたの？」

「えっと……」

「気になるねー！　お嬢ちゃん、誰にあげたのかおじさんに教えてみ？」

対局前に雑談をしていると、今日も使っている氷菓の新衣装とバレンタインの話題に移る。

チョコの話になると彼女は少し詰まる。それを見逃さなかった女子二名が食いついてきた。

：え、うかまる、誰かにあげたん？

：ママにだよね？

：￥８０００　ごめん。うかまるの恋愛話はマジで聞きたくない
：うかまるもお年頃だもんな！

：いいなぁ、うかまるのチョコ
：氷菓にユニコーンするの無理あるって……

：氷菓は俺たちにくれたもんね？

：青春の香りがするぞ！

リスナーから続々と悲喜こもごもな反応があがった。ただ、悲観的なものは少ない。

ただ、悲観的なものは少ない。

氷菓は自分の恋愛の話を一切しないから安心されている面もあるが、かんきつと仲が良いし、男女関係なく交流があるので穏やかなファン層を築いている。

彼女がよく言われているのは、近所の女の子を応援してる気分になる、だそうだ。

「俺が貰ったな。事務所経由だけど」

どうしましょうか、とチョコをあげた話をするかしないかと、迷う雰囲気がボイスチャット越しに伝わってきたので、俺は半分だけ嘘を混ぜておいた。

営業はするが、余計な火種は消化するのが俺の方針である。

「おお！　やっぱりママにあげたんだ。てぇてぇなー」

「手作り？」

「いや、めっちゃ高級なメーカーのやつ。すんげぇ美味かった」

「いいなぁ。私も手作りじゃなくていいから欲しい」

「ワインのツマミにチョコって合うからね。アタシもちょーだい」

「あ、ははは……来年はお二人にもあげますから」

明澄が答えづらさそうだったから、俺が助け舟を出して話題を躱《かわ》す。

手渡しではない市販品の義理チョコである事を強調しておけば問題ないだろう。

「それで。氷菓、零七。そいつの部屋の様子は？」

話が進まないので、チョコの話題から逸らすため俺はさらに軌道修正を加える。

「クサイ。部屋の中が汚いもん。早く帰りたいんだけど」

「ダメです。これは酷いですよ」

「もう、ぷろぐれすのイメージ悪くなるから早く解雇したほうがよくないか？」

「アタシは社長と仲良いもんねー。解雇されないよん。風呂もやだよ」

「もうクサライールに改名したらぁ？」

：クサライールｗ
：クサライールは臭
：うかまるがんばえ
：草

：二人が可哀想だろ
：#カレン、風呂入れ
：のえーちゃん……

カレンやカレンの部屋の中を氷菓と零七は嫌そうに実況するがカレンはどこ吹く風。

可哀想な状況に置かれた二人をリスナー達は気遣ったりカレンを揶揄して楽しんだり、氷菓の放送枠だけでももう二万人が集まっていた。

部屋からガサゴソと音がする中、氷菓が企画の趣旨を説明したりと既にカオスだった。

「――というわけで、最下位になったらトップから命令された罰ゲームを実行する、シンプルなルールです。それでは始めていきましょう」

「イエエエエ！　私の鎌が騒ぐぜ！（カシュッ）」

「カシュッ、じゃねぇ。だから未成年の前で酒飲むな。あと鎌は仕舞え」

「まぁ、夜々さんがいるので一応心配しないでください」

「汚い、クサイ、酒カス……もうやだぁ」

未成年がいる場での飲酒は好まれるものではないが、そこは対策バッチリだ。

監視役として夜々が裏にいるのだ。部屋の隅の方からマイクを通してない地声で『こいつが何かやった時は私が止めてやんよ』と、頼もしい発言も飛び出している。

それに配信前にはオフコラボというのもあって『まぁ、やらかした時は焦らない事だな。嘘つかなくちゃいけないのもあるから嘘をつくなとは言わないけど。真摯に向き合ったほうがいい。誰か一人が冷静ならどうにかなるし』などと、夜々からのバックアップ体制も万全だった。

めちゃくちゃな配信に見えて、意外とそれぞれがバランスを取りつつ、放送が始まった。


「うがぁ」

「御無礼、ロン。タンヤオ、ドラドラ、赤。カレンさーんちょうだい」

「聞こえなかったか？　カレン・クズライール。ロンだよぉ」

「ぐはぁ」

「リーチ、一発、チャンタ、裏ドラ3。親っパネ、一万八〇〇〇《インパチ》点でよろしく」

対局が始まると、卓上を席巻したのは零七だった。

「えっぐ」

「零七は豪運ですからねー」

「ふえぇーん。もう点数ないのぉぉぉぁ」

「ないよないよ、点数ないよォ？」

：これはゼロさまの豪運
：ココ様の豪運きちゃー
：これは風呂直行
：息をするように点棒取るじゃん
：もう、はよ風呂入れ

∴カレン・フロハイール決定

ことごとくアガり続ける零七だが、彼女は異常な豪運を連発する事で有名だ。

ガチャに関しては零七の配信を見ながら引けば当たる、という『九重教』なんてオカルトまで存在するほど奇跡を起こしてきた。ファンからは『ゼロさま』や『ココ様』と崇められるほどである。

麻雀はそれほど強くないのにもかかわらず、今日もその豪運を発揮して、カレンだけでなく俺たちからも点数を奪いまくっていた。

「まだだ！　人の夢は終わらねェ！　アタシは役満をアガるんだぁ！（カシュッ！）」

「だから飲むな！　二人とも、早くそいつを風呂に連れてけ。その天使、もうリー棒ねぇし」

「はい、お風呂入ろうね」

「嫌だッ！　役満にリー棒なんていらないからね！　舐めるなよ、生娘《きむすめ》共がッ！」

「発言には気をつけてくださいね？　今後、私主催の大会から排除しますよ？」

「すみません」

リーチすらままならないような点数になってもなおカレンは暴れ散らかす。

俺と零七が手を焼くものの、明澄だけは絶大なチャンネル登録者数と大会の運営を行う司会系のライバーだけあって、権力を存分に使いカレンを黙らせたりしていた。

この後俺にはちょっとした役目があるから、気にかけていたが、彼女がいる限りは変な事も起きないだろう。「よし、イケる！　カンっ！」

「その嶺上《りんしゃん》取る必要なし。槍槓《ちゃんかん》だーよ！」

「いやぁぁアアアアアッ！　ヴェアアアアアアアアっ！」

結局、カレンは零七にいいようにやられ、罰として風呂行きが決定した。

配信の裏にいた夜々も含めてお風呂配信へと移行する。

「よし、連れていきなさい」

「嫌だぁぁ！　風呂は嫌だぁ！」

「ハイハイ、大人しくしましょうねぇ。みなさーん、準備するからまた一五分後よろしくねぇー。じゃ、先生は場を繋いでてー」

「うい。まかせろり」

「そんなわけで、カレンさんの配信以外は切りますので、私たちの視点は終わりますねー」

風呂を嫌がるカレンは駄々《だだ》をこねるも、にこにことしながら零七が風呂へ引き摺《ず》っていく。

連行許可を出した俺は場を繋ぐために残り、そして明澄が一旦配信を閉じた。

：うおおおおぉ！　お風呂配信だぁぁぁ！

：きちゃ～！

：おっふろおっふろおっふっろー♪

：俺、湯船になります
：ウチの猫もこんな感じで嫌がる
：シャワーヘッドになりてぇ

：同接一〇万人以上いて草

貴重なお風呂配信という事で、コメント欄は異様な熱気に包まれ、あからさまに視聴者の数が増えていく。

ＳＮＳのトレンドのタグは、上から「風呂配信」「カレン・アズライール」「カレン・フロハイール」「汚物の消毒配信」「ふろぐれす」「オフ呂コラボ」などがランクインしている。

トレンドからも人を呼び寄せ、残ったカレンの配信だけとんでもない勢いで同時接続者数を増やしていく。

今から場を繋ぐ俺がこの視聴者数を抱えるわけだが、プレッシャーで胃が痛む思いだった。

「夜々ちゃんそっちの足持って」

「おっけー。んじゃ風呂いくぞ、汚物」

「やめろぉぉぉぉ」

そして、最後にそんな断末魔の悲鳴が聞こえてから、一旦俺以外の四人の音声はミュートになった。

「よし、準備終わった！　先生ありがとー」

「一〇万人がいる配信を一人でもたせるのやばかったわ」

「ママ、お疲れ様です。ここからは私たちがやりますので」

「まって、話せば分かる！　Ｂｙいぬか〇つよし！」

「お前もう大人しくしてなって」

時間通り一五分弱で戻ってきた彼女たちとバトンタッチする。

たった一五分とはいえ一人で話し続ける事の難しさを痛感し、俺はもうくたくただった。どかっとゲーミングチェアにもたれながら、愛飲するオレンジジュースで喉を潤す。

(さて、あとはゆっくりするか……)

女子たちのお風呂配信に混ざるのは邪魔だし、反応もしづらい。一人のリスナーになった俺は完全にフェードアウトするのだった。

「じゃ、脱がせるか。よいっしょっと……うわでっか！」

「おお、これはこれは良い果実ですなぁ」

「おい、鷲掴むな！　いいからさっさと洗えよッ!?」

「こんないい身体してるのに、風呂入らないのもったいない。わたしにも分けろ」

「やだね。やーい、ぜっぺきちゃーん！」

「あ？　その脂肪もぐぞ？」

：デカいんだ
：ごくりんこ……

：全員脱ごう
：￥５０００　映像求む！

：ママのお風呂配信はないの？

：¥2690　衣擦《きぬず》れの音たすかる
：でかいのかぁー！

：ママ、後でファンアート描いてよ！

VTuberはその性質上、生身を見せる事はない。そのため、リアルの情報は貴重だ。

きゃっきゃとしながら着々とカレンの服を脱がしたりと洗体の準備が進んでいけば、夜々や零七の実況にコメントが沸き立っていた。

「ほら、カレン全部脱ぎな。わたしも脱ぐから」

「くっ！」

「わたしも脱ごうっと」

「え？　ゼロちゃんもデカくない？」

「そうだよ。わたしもでかいよ～。ほれほれ」

「は？　キレそうなんだが？」

カレンをひん剝き、零七と夜々も脱いでいく。

リアルのカレンの姿は長い黒髪の高身長の女性で、実際の零七は小柄な身長に似合わぬスタイルと金髪のロングヘアだ。

また夜々は黒髪のショートカットにスレンダーな体つきをしていた。

「というか、うかまるもそこそこでかいよ」

「ま？　何？　最近の高校生ってみんなそうなの？　ねぇ、うかまるのサイズは何よ？」

「私に聞かないでください。あと答えませんからね？」
ちなみに明澄は機材担当しているため、彼女だけ服を着ていて風呂には入っていないが、零七に身体情報を軽くバラされていた。
：やば、四人中三人がでかいのか
：神様、カレンの家のお風呂に転生させてください！
：エッツ！
：カスは胸もカスｗ
：うかまるとゼロさまでかいとか、ま？
：あってもなくてもよい。Ｂｙニュウ教開祖 ナイス・アルッカラー
：えっっど
：無いことに価値がある
：夜々、強く生きて……
「おい誰だ？　胸もカスとか言ったやつ！　コメント見てるからな!?」
「リスナーに絡むのやめなよ。Bの夜々ちゃんにも価値があるよ」
「おい、サイズをバラすな！　くそう、こいつEあるじゃん。身長はちっこいくせに。なんでだよぉぉ！　ちぎってやるぅ」
「いやーん」
失礼なコメントに声を荒らげる夜々が詳細な情報を零七にバラされ、裸の彼女に攻撃を仕掛

ける。まさに秘密の花園と言うべき光景だ。

それに零七の情報をバラし返すから、知り合いである俺にとっては気まずくて少しやめて欲しかった。

何故こんな企画を通したと文句を言いたいが、明澄の情報がないだけまだマシだろう。

：キレてて草
：E⁉

：サイズバラされてて草
：ゼロ様はEなんだ
：ああ、そこにエデンがあるのか……

：ゼロさま江戸い！

「いや、お二人とも早くカレンさんを洗ってください」

「そーいやそうだった。この風呂嫌いお化けを綺麗にするか」

「うわ、まって全然髪の毛が泡立たないこのKちゃん。何日入ってないのぉ？」

「五日」

「はぁ？　なにやってんの？　これ頭に栄養行かなかったんだろうね」

「人の勝手でしょうが。風呂とか入らなくても死なないしぃ！」

「誰も教育してくれなかったの？　教えはどうなってんだ、教えは！」

「衛生的にこれから事務所とかスタジオ出禁ですね」

：汚すぎで草
：汚さもサイズも化け物で草
：Kちゃん、ってそうゆうことぉ？
：そんな汚いのみんなには任せられない。僕が洗うよ！
：デッッカ！
：￥10000　カレンのKで、カレンのカレンはKでカレンの毛は終わってるのか
：きちゃない
：今すぐ垢擦《あか》りに行け
：デッッッッ!?
：消毒とかそういう次元の話かよ。つかKはもう凶器だろ!?
あまりの情報量の多さにリスナーたちは困惑していたり、相変わらず気持ちの悪いコメントを打ったりと賑やかさは一層増している。
お風呂にかけて青色のスパチャが収拾がつけられないほど飛び交っていたりと配信は伝説になりつつあった。
「ほんとに汚ぇ。垢擦りのミトンがえらい事になってんぞ!?」
「先輩、三年前まで彼氏がいたの本当なの？　この身体で彼氏は無理でしょ」
「は？　モテまくりだったが？　中学の頃からめちゃモテ委○長だぞ、あたしゃ」
「えー、皆様。大変ショッキングな内容が流れております。そのため一部放送を変更してお送

りいたします」
：草
：去年の氷零３Ｄコラボのやつ流れてるｗ
：こんなん用意してたんかｗ
：てぇてぇ
：先生もよう見てたやつだ！
：幼なじみ同期がてぇてすぎたよね
：配慮助かる
：ショッキングな内容（カレン、汚い、Ｋの持ち主。つまり３Ｋ）
：アナウンスいい声すぎる
「おいうちのチャンネルだぞ！　お前らの３Ｄ配信流すなよっ」
「はいはい、お前はとっとと洗って身体流そうね！」
氷菓の手によって突如配信画面が切り替わる。
ちょうど零七とはしゃいで抱き着いたり、じゃれているシーンが流れていた。年末のカウントダウン企画か何かだったはずだ。
そのまま使えないので、わざわざこのためだけに切り抜いてきたらしい。進行用の台本には載っていないし、明澄が独自に用意したのだろう。
その細かなネタの仕込みまで抜群とあって、コメント欄には爆笑の渦が巻き起こった。

（この３Ｄのやつで年末忙しかったんだよな。明澄の飯の事思うとなんか笑いづらい）

３Ｄ配信だけでなく、今のように準備したネタも相当な時間がかかっているのだろう。

皆が大騒ぎする中、ただ俺一人だけは複雑な気持ちで映像を眺めていた。

ただ、笑いを届けるために奔走した彼女はきっと笑顔で見て欲しいはずだから、杞憂しすぎるのもよくはない。帰ってきたらしっかり労ってやろう、と思いながら俺はけらけらと笑って見守る事にした。

「すげぇーデカすぎて手が消える！」

「これがエデンか」

「うわあぁ触るなぁ！」

「見た目はいいのに汚いんだよなぁ、これ」

「たわしありますけど、いります？」

「うかまる、サンキュー」

「アホなの？　バカなの？　たわしは死ぬでしょっ！　削れるわっ！」

「いいじゃん胸ごと削ろーか」

「ぶっ殺すぞてめー」

と、いよいよ配信はカレンの洗体となり、佳境を迎える。

「もうさ、うかまるもおいでよ」

「あ、そうだ。なに一人だけ服着てんのぉ？」

「私は機材担当って話じゃないですか」

「つべこべいうな。おりゃあっ！」

「きゃぁ、やめてください！」

機材を担当していた明澄だが、夜々や零七に巻き込まれ、ついにはそのTシャツを捲《めく》られてしまう。

「あ、ほんとだ！　服の上からも分かってたけど、うかまるもでかっ！」

「だって、氷菓はわたし…むぐぐ」

「零七！　それ以上喋ったら捻りますよ？」

「ちょ、ちょ、ちょ、捻ってる！　捻ってる！　もう捻られてるよっ!?　ぐ、ぐるじぃ……」

加えて零七にサイズまでバラされそうになり、慌てて彼女を羽《は》交《が》い締めにして口許を押さえ込んだりと、もうやりたい放題な配信となっていく。

「てかさー、何その服の下のやつ。めっちゃ可愛いじゃん。誰かに見せる予定あんの？」

「けっ、色気づきやがってよー」

「お、いいね。恋バナしちゃう？　なんか備えてる感じするわそれ」

「そ、そんなんじゃありませんからっ。もう、全員カメラで映しますよ！」

「きゃーライバーとして終わるー」

「こわーい！」

「ねぇ？　アタシ、もう上がっていい？」

（凄い配信だなぁ）

ボイスチャットから抜けていた俺は、トラブルが起きた場合の繋ぎ役として配信を閲覧しているが、その生々しいやり取りに圧倒される。

何よりよくないのは明澄の身体情報が流れてくる事だ。

いつも明澄と顔を合わせているからスタイルがいいのは分かっていたが、何やらと想像してしまってこれでは次会う時が気まずい。

明澄から信頼を得ているから今の関係を保っているし、継続させる努力は必要だろう。

画面から聞こえる乙女たちの戯れを前に、俺は嘆息しつつ己の邪悪さを仕舞い込む。

それから、後に伝説として語られるお風呂配信の後、明澄がいつもと違うサボンの香りを纏い、さらさらな髪に僅かな水分を含ませて帰ってきた時には、少し動揺させられた。

「庵くん？　なんか距離遠くないですか」

おまけに明澄からそう指摘された時に、もう一度動揺した。

第9章　遭遇！　聖女様

「今週の林間学校楽しみだね」

「……ああ」

「その割には楽しくなさそうだなぁ」

ある日の放課後、庵《いおり》が帰路に就こうと支度をしていると、隣の机に腰掛けた奏太《かなた》が元気そうに声をかけてきた。

楽しそうな奏太とは反対に庵はあからさまに気分が沈んでいく。

言うまでもなく二泊三日のスキー合宿――林間学校が理由だ。学生にとって青春の塊みたいなイベントだが、庵にとってはまともに絵が描けなくなるのであまり嬉しくなかった。

普通の学生なら参加したと思うが、やはり締め切りがある身では、純粋に楽しめなさそうなのが気分を押し下げてしまう。

庵はこれまで文化祭や体育祭などをあからさまに休んでおり、教師から目を付けられている。

別に休んでもいいのだが、親に連絡とかになれば迷惑をかけるし、それだけは避けたくて今回は出席を強いられていた。

「ほんと、君はこういうイベント事に興味がないね」

「色々あるんだよ」

「人それぞれだからね。けど、オレは胡桃《くるみ》や朱鷺坂《ときさか》君と行事に参加するのが楽しみだよ」

「お前、喋ってもイケメンだな」

奏太はテンションが落ちている俺に苦笑しつつも、さらりと格好良い事を言ってのける。

こうして楽しみにしている生徒のほうが多い訳だし、参加するからには空気をぶち壊すような真似だけはしてはいけない。いい加減だるそうなのは学校で見せるのもよくないだろう。

人好きのする笑み浮かべる奏太に、こういうところがモテるんだろうな、と俺は感心しつつ微妙に口許を綻ばせた。

「そうだ。今日、部活終わりに胡桃と林間学校用の買い物に行くんだけど、君も来るか？」

「遠慮しとく。ちゃんとアイツとデートしてやれ。楽しみにしてるはずだぞ」

「胡桃は気にしないと思うけどなあ。うん、でも気遣いありがとう。デート楽しんでくるよ」

胡桃は奏太と買い物デートをしたいだろうし、そこを邪魔をする気にはなれない。

それに友人カップルがイチャついてるところを見させられるのは勘弁願いたいものだ。目のやり場に困るし、自分が居てもいいのかといたたまれなくなる。

談笑もほどほどにして、彼に背を向けながら手を振って、教室を出た。

「……そうかぁ。旅行用のヤツ買いに行かないとな。しゃーない今から行くか」

帰り道の寒空の下、俺はそんな独り言を漏らす。

奏太たちに同行しないとはいえ、どちらにせよ林間学校の準備はしなくてはならない。気が進まないが、俺は進行方向を自宅から隣町のショッピングモールへと変えて歩き出した。

電車を使って一五分ほどで隣町へやって来た俺は、ショッピングモール内に足を踏み入れる。

ちらほらと同じ制服を見つけたので、林間学校に向けて考える事はみんな一緒なのだろう。

(今頃あいつらもこの辺に居そうだな)

近隣の学生にとってはデートスポットでもあるし、恐らく奏太と胡桃も来ているはずだ。

彼らに見つかると無駄に絡まれる。俺は早めに立ち去ろうと、歯ブラシや洗顔などのトラベルセットや衣類用の袋、飴やガムなんかのお菓子を確保し、淡々と買い物を済ませていく。

(さて、アウターでも見るかね)

特に懸念していた事もなく残すは、重いから後回しにしていた防寒対策の衣類だけ。

ほっとしつつ、とある店に立ち寄るのだが、そこで俺は運命を呪う事件が起きた。

身バレに始まり、ここ最近の間の悪さはピカイチだ。

日時、場所、後回しにした店。悉《ことごと》くが裏目に出た結果。

「え……」

「あ……」

鏡の前でアウターを合わせている聖女様と鉢合わせた。

「な、なんで俺くんがここに?」

「それは俺も聞き返したいんだけど?」

「ここ、有名なお店ですもんね、会うのも仕方ないかもしれません」

「そうだよな。何もおかしくはないか」

林間学校も数日後に迫っているし、ある程度の遭遇を想定していたのかもしれない。

まさかのエンカウントに驚きつつも、明澄《あすみ》はすぐに気を取り直す。

「庵くんも防寒ウェアなどを買いに来られたのですよね？」

「おう。手袋とか諸々な」

「では、少し付き合ってくださいませんか？」

「いいのか？　この辺、学校のやつらがうろついてるぞ」

指先同士を合わせる明澄は、腕に提げているカゴをこちらに見せる。手袋とかソックスとかは既に揃えているみたいだし、残りは庵と同じくアウターぐらいか。

スクールバッグや他の手持ちも抱えているし、手伝って欲しいくらいの意味なのだろう。

ただ、他の生徒もいるし面倒は避けておきたい。

そうもあって、庵はいやぁ、と片眉を上げて半分ほど肩を竦めた。

「えっと、それよりもなんと言いますか、ほら」

「あー、そういう事か。ナンパのほうがだるいもんなぁ」

ちらり、と明澄が店外へ視線を移し、それを追うと、通りすがる男は皆一様に明澄へ目をやっているのが分かった。

ここに来るまでも何回か声をかけられたのだろう。出会うかどうか分からない生徒たちに庵と居るところを見られるリスクと、ほぼ確実に出会うナンパを避けるかなら、後者を明澄は選んだ訳だ。

「ええ、なので庵くんさえよければですけど、お付き合いしていただけませんか？」

「オーケー。そういう事なら」

「ありがとうございます。ではまず、アウター選びを手伝ってくださいな」

彼女の意図を理解して即答すると、明澄は微笑んでアウターを目の前に掲げる。

りょーかい、と俺はお付きの人のように明澄が数着ピックアップしたアウターを抱えて、一緒に試着室へ向かった。

「――おー！　似合ってるんじゃないか？」

「庵くん。さっきからそればっかりです」

「だって、明澄は全部似合うじゃん」

明澄の防寒用のアウター選びを始めてから、十数分。着せ替えショーのように何着も試しているのだが、俺は基本的に「似合う」くらいしか感想を伝えていなかった。

実際、本当に全部似合うのだから仕方ない。赤もピンクも白も黒も、デザインがよっぽどダサくない限り、容姿とスタイルが整った明澄であれば、どれだって着こなしてしまう。

あとは明澄の着心地とか値段の問題だけなので、特段言う事がなかったのだ。

明澄はぷくりと頬を膨らませ、呆れたような口調で不満を示していた。

「そうだとしても、もうちょっとなにか言って欲しいです。語彙《ごい》が足りないというのなら、辞典でも買ってきてぶち込んで差し上げますが？」

「わ、悪かった。……じゃあ強いて言うならだけど。さっきの黒のアウターは良かったかな。裏起毛で暖かそうだったし、カッコ良さげだったから明澄の髪の色が映えるんじゃないか？」

「……やれば出来るじゃないですか。そうですね、撥水効果もあるみたいですし、そちらにしましょうか」

はっきりと怒りを感じたので、俺が絞り出すように感想を口にすると、明澄は一度じっとりと視線を合わせてきたが、すぐいつものように戻る。なんとか辞典による惨劇は回避されたらしい。

意見が一致した事もあり、一つ前に試着していた黒のアウターが選ばれた。

あっさりと選んだあたり、初めから決めていたのではなかろうか。だけど、意見を欲しがるには理由があるのだ。

乙女心も察せなかった俺は知らずのうちに、地雷を踏みかけていた事を知る由もない。

「さて、庵くんの番ですね」

「よろしく頼むよ」

明澄のぷちご機嫌斜めも収まったところで、次は俺のアウター選びに移る。

同じように着せ替え人形となりながら、次々と明澄に披露した。

「あ、いいですね。似合ってますよ」

「そうか」

「いい感じです。似合ってますね」

「おう」

「うんうん。それも似合いますね」

「……なぁ、お前もそればっかりじゃん」

「俺くん。分かりましたか？　こういう気持ちになるんですよ」

俺の番になると今度は立場が逆転する。

叱る、というほどではないが、諭すようにさっきの怒りを明澄がぶつけてきた。

「身に染みたわ。ごめんな」

なんでも似合うとはいえ、あれは嫌な事だったと、しっかり身をもって理解した俺はさすがにバツが悪く素直に謝った。

「分かればいいんです。私も意地悪でしたね。すみませんでした」

俺から謝罪を受け取った明澄は、しっかり自分の非も詫び丁寧に腰を折った。

では続けましょうか、とクスリとしながら、次のアウターを手渡してくれた。

「あのう、そちらの彼氏さんのアウターをお探しですか？　よければ、こちらで見繕わせていただきますよ」

引き続き、俺のアウターを選んでいると、緩やかながらも通った声がかかる。

二人して横を向くと、にこにことした待機姿勢の女性店員が居た。

服を買いに行くと高確率で発生するイベントだ。しかも、明澄とカップルに間違えられている。

あまり店員と話すのが好きではない事もあって、庵はちょっと嫌そうな顔をしてしまった。

「ええ、そうです。でも彼氏と二人で選びたいので、困った時に頼らせていただきますね」

あからさまではなかったのに、その機微を感じ取った明澄が半歩前に出て、それはもう躊躇いも戸惑いも何もなく、にこりとしながら答えた。

そうすると、店員は「差し出がましかったですね。ごゆっくりどうぞ」と、引き下がって店の奥へ戻っていく。

（え？）

もちろん、庵は戸惑う。

そう答えるのが当たり前かのような口ぶりだったから、余計に戸惑いが増した。

頼むにしろ断るにしろ、カップル判定を明澄は絶対に否定するだろうと確信があった。

庵は首を盛大に捻ってしまいそうだった。

「すみません。普通に断るとたまに食い下がる方がいらっしゃいますからね。庵くんが嫌そうなお顔をしていましたし、確実に離れてもらうために、ああやって言わせていただきました」

デート中に邪魔しないで、と意思表示をすれば、店員が引き下がるのは間違いないだろう。

いくらか見越しての判断だったらしい。

明澄は面食らっていた庵にはにかみを見せていた。

「ああ、そういう事か。気を遣って貰って悪いな」

「いえ、むしろご不快ではありませんでしたか？」

勝手な事をした、と明澄が申し訳なさそうにこちらを見やる。あの気遣いをありがた迷惑と思えるほど、俺は擦れてはいない。

大きく首を振りつつ「不快なんてとんでもない」と言いながら、少しどきりとした事は隠しておいた。

「……さて、何がいいでしょう」

「ちょっと微妙だし、違うのを選びに行こうか」

「はい。では、あちらに良さそうなのが……あ」

再びアウター選びに戻り、エリアを変えようと体の向きを変える。

そうしたところで、こちらを眺めるように突っ立っていた見知った二人の姿を見つける。もしくは見つかってしまったのかもしれない。

今度は店員より面倒くさいパターンだ。

「えっ、聖女様、今のって……？」

「これは、奇遇だね。こんにちは、お二人さん」

呆けるように棒立ちしている胡桃と、マイペースに笑う奏太と遭遇したのだ。

「やべ……」

「あぁ」

つい先刻、奏太に誘われた時に聞いた通り、二人は買い物デートに来ていたのだろう。

そして、まさかの鉢合わせだ。こんな事があるのだろうか。

それに何が面倒くさいか。先のやり取りを見られていた可能性が高い事である。

禍福《かふく》は糾《あざな》える縄の如しであって欲しかった、と俺は自身の運の悪さに落胆した。


「――それで、二人は付き合ってるって感じかしら？」

奇《く》しくも奏太と胡桃に鉢合わせてしまった後、決まっていた明澄のアウターだけ買って、四人はモール内のフードコートに移動していた。

今は絶賛ポテトを摘みながら胡桃の追及を受けている。

その表情はキラキラと輝いていて、恋バナにはもう興味津々といった感じだった。

「というか、もしかしてあれから本当に付き合ったの？　それなら私ってば恋のキューピッドかしら。奏太、私凄くない？」

「おお！　それは凄いね。オレも鼻が高いかも」

「えへへ」

先日、明澄の彼氏候補として俺を勧めた事を思い出したらしく、彼女は一人で盛り上がる。

しかも、奏太に撫でてもらって溶けていたりと、もうバカップルの極みだった。

明澄との関係がバレた上に、目の前でこれでもかとイチャつかれる、など思いつく限りで最悪の展開である。

「おい、イチャつくか俺たちと会話するかどっちにするんだ？」

「「イチャイチャするわ（よ）」」

「よし、帰るぞ」

質問したくせに、自分たちの世界をありありと見せ付けてくるから腹が立つ。二択を突き付けても迷いもなく答えられるし、もう怒りなんてとびきりの甘さに負けてしまった。

それは、俺がわざわざ自販機から買ってきた、バ○リースなんかよりもずっとずっと甘い。

泳ぎ続けなければならないマグロのように、カップルというのはイチャつかなければならないものなのか、と錯覚しそうになる。

立ち去るべく目配せした明澄に「まぁまぁ」と宥められながら、こうはなるまいと、俺は心に秘めて座り直した。

「だって答えなんて決まってるし。もう聞く事ないわよ。付き合ってるんでしょ？」

「付き合ってない」

「往生際が悪いわね」

「いえ、本当に違うんです」

明澄と店員の会話を聞いてしまったのだから、事情を知らない二人はそう思っても仕方ない。

傍《はた》からは、単純に恋人である明澄が気を利かせたようにしか見えないだろう。

ただ、その会話も後半を聞けばなんとなく二通りの解釈は出来たはずだが。

「ちゃんとあの会話全部聞いたか？　後半は気を遣ったって理解出来るだろ」

「あー、うん。衝撃的すぎて最初しか内容入ってこなかったんだよね。ね？」

「そりゃそうでしょ。あんなの見たら即フリーズするわよ」

「……くそ。全部、都合がよすぎる」

最悪だ、と猛烈に厄年だったか確認したくなるほどに、俺は頭を抱えた。今年はいつもの神社へ詣でなかったからだろうか。

オカルトの類は信用していないが、お祓いくらいはしておくべきかもしれない。

「あのう。お二人共。だ、だったら聞いて欲しくてですね……！」

「まあ。聖女様がそう言うのなら、とりあえず事情は聞くわ」

「あ、ありがとうございます。実は……」

俺が否定しても信じてくれないのに、明澄が一言喋るだけで胡桃は聞く耳を持った。

不服だが、とりあえず明澄が説明するのを黙って聞く事にした。

「――なーるほどねぇー。ふーんそっかそっか」

今回の事の顛末である店員との会話の真意、ナンパ対策で俺に協力してもらっていた事。それらを順を追って解説した明澄が、丁寧に誤解を解いていった。

存外、説明で一番ややこしかったのは、ナンパ避けの事だ。普段、男子を寄せつけない明澄が仲良くもない俺に何か頼みごとをするというのは無理がある。

つまり、脈絡がないのだ。

苦渋の決断で、お隣さんの関係である事と、夕食を作り合ってるくらいには交流がある事を明かした。否、明かさざるを得なかった。

以上を端的にではあるが、説明された胡桃は解釈を曲げてそうな、にまにま顔を隠そうともせずにいたが、一方の奏太に関しては「あり得なくはないか」と、納得を見せてはいた。

「分かっていただけましたでしょうか？」

「うん。どこで人は繋がるか分からないからね。それはオレも胡桃も同じだよ。でも、だからね。それって付き合ってない説明どころか、疑惑の補強になるじゃないか？」

「お前今、納得してたよね!?」

「オレが納得したのは、ご都合的なラブコメみたいな出会いして、ここに朱鷺坂君たちが居る事だよ。今、聞いた流れで付き合ってないほうがおかしいくらいだし」

「じゃあ、もう悪魔の証明じゃねぇか」

彼らとの認識の擦り合わせを諦め気味に、俺はがっくりと首を折った。

もう絵描きとＶＴｕｂｅｒである事をバラしてしまうのが楽なのだろう。とはいえ、それは絶対に出来ないから考えるだけ無駄だ。

こんなに疲れるツッコミは配信の時以来である。隣に座る明澄も「私が説明した意味は……？」という顔をしていた。

「ごめんごめん、冗談だから安心して。友達の言う事を嘘呼ばわりしたりはしないよ」

揶揄いはするけどさ、と奏太は爽やかに笑う。

この手の話が好物の胡桃はともかく、初めから奏太はそのつもりだったのだから、詮索もほどほどにするつもりだったのだろう。

良い人ではあるが、人の悪い友人である。

「なんかねぇ」

「んだよ」

「いや別に。聖女様と一緒のマンションだなんて嬉しいんじゃないのと思ってね」

「俺がそんな俗っぽく見えるか」

「見えないわね」

「だろ。だから単なるお隣さんなんだよ」

「でも交流があるのは意外だったなぁ。二人とも正反対にいるような感じだし」

「別に性格とか立場は関係ねぇよ」

「君たちはそういうタイプだよね。うん。事情は理解した。とりあえず、学校の人達には言わないから」

「そうしてくれると助かる。そこのお前もだぞ？」

「ええ、分かってるわよ。聖女様には迷惑をかけないわ」

「俺にも、だろ？」

「はいはい」

胡桃は相変わらず俺に塩対応だが、聞き分けが良いところを見るに、線引きはしてくれている。どちらも目立つし、噂されたりする事の不快さは知っているのもありそうだ。

他言しない事も公言してくれて、丸く収まる方向で着地した。

「さて、オレたちはこの後店に戻るけど、どうする？　四人で回るかい？」

「いや、もうバラけて帰るわ」

「私もそれがいいと思います」

これ以上誰かに見つかるのは御免だ。この二人以外ならどうなるかは想像に難くない。

この二人以外の人間ならどうなるかは、想像にかたくない。

明澄と一緒に居たら、それはもう詰められるに違いないし、やっかみを生むだけ。俺にもたらされる不幸は、さっき呪った以上の物になるのは火を見るより明らかだ。

バレたのがこの二人だからこの程度で済んでいる。

似つかわしくないとか、むかつくとかならまだいい。何かしらの行動に移しかねないのも居そうなのが不安だし、可能性は排除しておくに越した事はないだろう。

「それと二人とも悪いけど、俺は用事があるから水瀬《みなせ》を駅まで送ってやってくれ」

滅多に来ない場所なので選び損ねたアウターは後日にして、俺はぶらつく事にした。

明澄を一人で返したらナンパに合うだろうから、その役割を奏太と胡桃に引き継いでもらう。

「ええ、じゃあ。聖女様、そこの駅まで行きましょ」

「はい。よろしくお願いします」

そうして三人と別れる。

その間際に明澄が振り返り「また後で」と唇だけ動かして、一瞬微笑んで手を振った。

「あ、奏太！　聖女様があいつにこっそり愛のメッセ送ってるわ」

「ほう」

「あ、いや。単なる挨拶ですのでっ」

明澄に眼を光らせていたのか、しっかりと胡桃にバレる。慌てて明澄は弁解を迫られた。

あわわ、と声に出しそうなくらい狼狽えている。自業自得だが、明澄なりに彼らへ気を許しているのかもしれない。

苦労して誤解を解消したというのに、また生み出してしまったら元も子もない。

何やっているんだお前は、と俺は右手で顔半分を覆う。

同じ学校の生徒だっているかもしれないし、油断されるのは困る。

気が緩んでいる聖女様のお戯れに、ヒヤヒヤしながら三人を見送るのだった。

「はぁー。まさかの明澄とも会うし、あいつらとも会うし。マジでどうなってんだ」

「人気のお店でしたからね」

買い物を済ませ、自宅に戻ってきた俺は疲れ切った様子でソファに身を沈めていた。

夕食前とあって二人は俺の自宅で再会しており、どっと疲れた身体を労りながら、コーヒーで一息ついているところだった。

「ほんと出会ったのがあいつらでよかった」

「そうですよね。お二人じゃなかったらややこしい事になってたかもしれません」

「確実になってたな。これからは気をつけないと。明澄も俺なんかと噂が流れたら嫌だろ」

「いえ、私は別にそこまで気にしませんよ？」

好きでもなんでもない俺との噂が流れても、明澄は困るだけだ。

そう目していたが、俺に顔を向けて二度瞬きしつつ、明澄がさらっと否定した。

「噂が面倒だからって、色々気にかけてたのに？」

「なるべく噂にならない事に越した事はありませんけど、問題はその噂の相手です」

「相手？」

「少し話したとか社交的に振る舞っただけなんですけど噂を立てられて、それをいい事に私との噂を否定しない人とかは困ります」

「そんな奴がいるのか」

聖女様との噂をあえて否定しない。そんな迷惑な不届き者がいるらしい。

得体の知れない人間が外堀を埋めようとしているのはいい気がしないどころか、その気持ち悪さは言い寄られる事の比ではないはずだ。

男女逆の立場で想像しても、俺は眉間に皺が寄る思いだった。

「でも、俺くんはそういう事はしないでしょう？」

「当たり前だ」

恋愛に興味がない俺でも、女性に対して不快感を与えるような駆け引きはありえない。

はっきりと断言すると、明澄は「だから問題ないんですよ」と短く言って、にこりとコーヒーカップに口をつけていた。

「それと俺くんは、俺なんかとは嫌だろと言いましたけど、私は気にしないどころか嫌ではないです」

ことり、とコーヒーカップをソーサーに戻した明澄は、俺を真っ直ぐ見つめて思いもしない事を告げる。

その瞳はどこか不機嫌を孕んでいる気がして、お久しぶりの小言を察した。

「そうなのか？」

「はい。もちろん、誤解が解けるのならそうします。でも、俺くんとの事を嫌とは思いません。そもそも、私の推しですよ？　あまり卑下するような発言は悲しいです」

もっともな話だった。明澄は不必要に他者を否定しないし、基本敵意がなければ優しい対応をする少女だ。全幅とはいかなくても信頼に足る相手を嫌だなんて思いはしないだろう。

俺はかんきつも自分であると認識しているが、明澄にとっては推しという側面がある。

推しが自分を否定していては、悲しくなるのも当然だ。

じ、と明澄の千種色の瞳が訴えかけるように、俺をちくりと刺していた。

「あー、うん。でも、明澄は成績いいし、綺麗だし律儀だし優しいいし。どうしても俺は劣るしだらしないから、こんなやつ嫌だろって思っただけだ。まあ、気持ちのいいものでもなかったな。悪かった。かんきつはかんきつで推してやってくれ」

「……失礼しました。そう言うのであれば尊重します。ですけど……」

「ですけど？」

「褒めすぎです……」

若干クレーム混じりに、ほんのりと照れた明澄が上目で俺を見やりながらコーヒーを啜る。

前にもこんな事があったなと思い出す。あれは洗面所で片付けした時だっただろうか。

どうにも俺には思った事を臆せず口に出す悪い癖があるらしい。

「……そもそも俺くんは私を褒めすぎです。気が利くし、人に流されないところはクールで、スタイルもいいですし。なのに劣るだなんて。無愛想だと思ってたのに、なんかもうここ一ヶ月びっくりしっぱなしですよ」

目を伏せてごく微量の怒りを纏わせた明澄は、つらつらと俺のいいところを並べ立てる。

抱いていた印象と違う実態に俺は驚いた記憶があるが、明澄も同様の体験をしていたらしい。

小さなお怒りの原因は不明だが、どこか対抗や仕返しをするような子どもっぽさを感じる。

普段の聖女様とはかけ離れた姿の明澄には、枯れたような笑いが出そうに俺は頬をかいた。

「明澄……わざわざめちゃくちゃ褒めたな？」

「ええそうです。なにか文句でも？」

「ないけどさ」

「じゃあ、いいじゃないですか。私が言いたかっただけです」

つん、と明澄はそっぽを向く。俺に抱く不満をアピールしているらしい。

しかしながら、間もなく明澄の優しい性格が露呈する。そっぽを向いていた明澄が申し訳なくなったのか、ちょっとだけ心配そうにこちらを窺ったのだ。

あまりにも面白い事をするので、流石に俺はぷっ、と吹き出してしまった。

それに明澄もつられたらしく、二人の間に変な笑いが起きて一緒に腹を抱えた。

「つはあ。もう笑かさないでくれ」

「そっちこそ……ふふふっ。もう。何をやってるんでしょうね」

そろそろ晩御飯にするか、と俺が言えば、お互いに苦笑しながら席を立つ。

今日は俺の当番の日だ。

俺が冷蔵庫から食材を連れてくる間に、明澄は食器棚から皿を取り出して準備にかかる。

互いにやや頬が赤かったのは、まだどちらも気づいてはいなかった。

第10章　聖女様と林間学校

林間学校、スキー合宿当日。

俺《いおり》たちはバスで約三時間半ほどかけて、宿泊するホテルに到着した。

まずは自分たちの荷物を割り当てられた部屋へ運ぶのが最初のプログラムだった。

「ふぅ。疲れたぞ」

「まだお昼にもなってないよ」

部屋に着くなり俺はベッドに飛び込む。

何度かサービスエリアなどに寄ったものの身体は硬くなっていて、癒しが必要だった。

それに、ホテルに着いてまずやる事と言えばふかふかのベッドに飛び込んでみる事だろう。

ベッドの上でゴロゴロとその柔らかさを享受する俺に対して、同室の奏太《かなた》が苦笑していた。

「お前と違ってこっちは帰宅部だからな。身体の出来が違うんだよ」

「サッカー部入る？」

「やだよ」

「残念だな。君とのサッカー談義は面白いのに」

「それ、部活入らなくても出来るだろ。まだ時間あるし、お前もゆっくりすれば？」

「そうしようか。よっ」

ベッドの虜になった庵に勧められるまま、奏太は同じように寝転がり、二人は無造作に荷物を放り出したまま、その心地よさに浸る。

それはよかったのだが、暫くした後「かなたーっ！」と、甘えるような声が響いて俺は頭痛がした。

「大将！　やってるかしら！」

ドアがばーんと開かれ、胡桃が姿を現す。

「お、胡桃？　おいで」

微塵の躊躇いもなく奏太が誘うと、庵が何かを言う前に胡桃は大型犬のような動きで、奏太のベッドへ飛び込んでいった。

「おいおい勘弁してくれ。ここはそういうところじゃないんだぞ」

「失礼ね。時と場所くらい弁えるわよ。ね、奏太？」

正当な文句を垂れるのだが、胡桃はまるで自分たちが弁えているような口振りで返して、奏太にむぎゅうーとさらにくっつく。

「朝霧《あさぎり》さん、男子の部屋に入ると怒られますよ」

「聖女様は清楚ねぇ。でもきっと彼氏が出来たら分かると思うの。だからもう少しだけ」

「早めにブーツやウェアを合わせに行かないと混みますよ？　仲良くされるのは部屋の外でも出来ますし。ね？」

胡桃が部屋に飛び込んできた十数秒後、明澄《あすみ》が遅れて現れ優しく注意していた。

ドアの外にいるあたり、その真面目さが窺える。

「そうね。じゃ、奏太、行きましょう!」

「はいはい。荷物を片すから部屋の外で待っててくれるか」

「うん。待ってる」

普段は俺の注意なんて聞きやしない胡桃だけど、明澄の言う事には素直に従って部屋から出ていった。

釈然としないが俺はバカップルの暴走が止まっただけよかったと思う事にした。

「なぁ、アレ。お前より彼女の手綱握ってねぇか?」

「かもしれないね」

前々から胡桃の面識があったみたいだが、いつの間にか仲良くなったらしい。

合宿は男女二組ずつの班行動だ。明澄が居なければ、知らない同級生が居ただろうし、俺としては、そこの二人が仲良くしてくれるのはありがたい。

胡桃と奏太がいちゃつくので必然的にペアみたいになる俺は、周囲からの視線が痛いが。

「部屋に来てるのバレたら、普通にやべぇからちゃんと言っとけよ」

「分かってる。夜だけにするから。朱鷺坂君も水瀬さんのところ行ってきていいよ」

「追い出す気満々じゃねぇか。ふざけんな」

残された男子二人はそう言い合いしながら部屋を出た。

「わぁ。凄く綺麗な雪！」

「真っ白で素敵ですよね」

「寒っ。帰りてぇ……」

「思ったりより寒いね」

実習の時間が始まり、ウェアを着てホテルの外に出ると、そこは一面銀世界のゲレンデが広がっていた。

女子二人は楽しそうに雪を眺めているが、一方の俺と奏太は寒さに負けて、やや億劫《おっくう》そうな表情を浮かべる。

ホテルに戻れるなら戻りたい気分だが、それは許されていない。楽しげに講習を受ける女子組と寒々と震える男子組で明暗が別れていた。

その後、かっちり講習を終え自由時間が与えられる。俺たちのように経験者がは、教師がいる範囲で好きにしていいので、昼食を挟んでから四人は中級向けのゲレンデに向かった。

「奏太、行くわよ」

「待ってくれ」

「はーやーく！　みんなもう行ってしまったわよ」

昼食の後、四人でゆっくりしていたので他よりも少し遅めの自由時間となった。

だからなのか、待ちきれないとばかりに胡桃が先へ先へと進んでいく。それを奏太が追いかけていって、抱きつく。

そんな光景が目前で繰り広げられていた。

あれほど仲が良いと、ゲレンデの雪を溶かしそうな勢いである。

「あいつら、こんな寒いのに元気だなあ」

「庵くん、寒がりなんですか？」

「いや、寒さには割と強いはず……なんだけど、今日はなんか冷える」

眉を八の字に傾けた庵は、首を傾げながら冷たい唇を動かした。

春夏秋冬。庵はどれが好きかと言われれば間違いなく冬を選ぶ。寒い寒いと言うものの、それが良いものだと思っているし、特に雪は好きだ。

ただ、防寒対策バッチリなのに今日は妙に身体が冷えている気がした。

「向こうとは気温が三度から五度くらい違うらしいですよ。カイロ持ってないんですか？」

よければ使いますか？　と明澄が、ポケットから取り出したカイロを勧めてくる。

「用意がいいな」

「ええ、予備は必要かと思いまして」

「じゃあ、悪いけど一つ欲しい」

「私が腰に貼りましょうか？」

「頼むわ」

「失礼しますね」

「悪いな」

「いえいえ」

カイロを恵んでもらった俺は、早速ぺらりと背中側のウェアを捲って、明澄に貼ってもらう。

二人は既にほとんど生徒もいないゲレンデの端で、まるで湿布を貼ってもらう年寄り夫婦のようなやりとりを繰り広げる。

「二人ともいちゃついてないで早く来なさいなー！」

「別にイチャついてない。慌ててもしょうがないし、転ぶぞー？」

「転んでも雪だもの、痛くないわよ。これふっかふかの新雪だし」

「ったく、ほんと喧《やかま》しいな」

「と仰る割に、あなたも楽しそうですけどね？」

「そう見えるか？」

「ええ」

「まぁ、お前がそう言うのならそうなのかもしれん」

自分ではあまり楽しいと感じているように思えなかったが、彼女からそう見えるのならそうなのだろう。

「私も配信が出来ないのでちょっと困っていましたけど、今になってみれば楽しいですから、あなたもそうなんじゃないですかね？」

「かもな」

毎日のように配信するほど配信好きの明澄が、この林間学校に前向きでなかった事を俺は知っている。それでも、いざこうしてゲレンデに来てみれば気分も変わったらしい。

こんな風に行事に参加するなんてなかったし、たまには悪くないかと感じているのは事実だ。絵は描けないし面倒ではあるのだが、なんだかんだ自分も変わりつつあるのかもしれないと、明澄に言われて密かに思うのだった。

「せっかくですから楽しみましょうね」

明澄は雪から引き抜いたストックを見せながら柔和に笑う。

「そうだよな。楽しまないと損だ」

明澄のその笑みは日差しで照らされたゲレンデの雪のように眩しくて、つい視線を逸らしながら俺は頷いた。

「あの、すみません。私、リフトが怖いかもしれません」

林間学校の自由時間が始まってから、俺たち四人はゲレンデを滑っていたが、数回リフトを乗り降りしたところで明澄がそう打ち明けた。

「聖女様ってスキー経験者よね？　昔から苦手だったの？

「昔はそうでもなかったんですけどね。本当に今さらですみません」

「しょうがない。そういう事もあるだろ。それに、言ってくれただけありがたいよ」

急な事で申し訳なさそうに明澄は謝るが、俺は気遣うように声をかけて、彼女の肩に手でぽんと触れる。

奏太と胡桃を見ても柔らかく笑っていて、誰も明澄になんで早く言わなかったと責める意思は全くなかった。

「そうよ。悪く思わないで。小さい時は大丈夫でも今になってダメになるのもあるものよ」

「もしかしたら胡桃が隣ではしゃいで揺れたから怖かったかもしれないしね」

「そんなはしゃいでないわよっ。だったら違うペアで乗りましょ。私は奏太と一緒のがいいし」

奏太が場を明るくしようと気を利かせたのだろう。胡桃を揶揄えば、彼女も察したのかそんなやりとりを繰り広げる。

日頃より夫婦漫才を披露するだけあって、息もぴったりだ。俺だけだと空気を重くしそうだし、こういうのは凄くありがたかった。

「じゃあ、俺たちはこの辺にいるから二人で行ってこいよ。ちゃんと理由もあるし教師もなんも言わんだろ」

「それは朱鷺坂《ときさか》さんに申し訳ないです。私は大丈夫ですから、一緒に滑りましょう？」

「でも、怖いなら乗らないほうがいいって。ロッジエリアを探索するのもありだし、邪魔にならないところでスキー板担いで登って滑るのも出来るしな」

ただ、明澄は自分のせいで俺に迷惑をかけるのが嫌だったのだろう、少し強がってみせた。

それでも俺は優しく明澄に告げて微笑みかける。

別に俺はスキーをしなくても問題ないし、明澄に負担がかかるほうが嫌だった。

「い、いえ、スキー自体は私も楽しくてまだやりたいすし、本当に駄目なら先生に言って一人で部屋に戻りますので」

「それはやめよう。そもそも一人だけ楽しくないやつがいるほうが俺は嫌だよ。楽しいイベントなんだから水瀬を一人にさせるのは気が乗らない」

スキーそのものは続ける意思があるらしいが、戻る事になるのなら放ってはおけない。はっきり言うべきだろうと思って俺は口にする。

横から「おー。かっこいい事言うわね」と、胡桃が関心したように背中を叩いてきたから「やかましい」と振り払う。

にまついた男も居るし、明澄が「ふふ」少し笑顔を見せたのが救いだろう。

「朱鷺坂さん。お気持ちはありがたいですけど、そんなに深刻なものでもありませんから」

大丈夫です、と言い切るものの真面目な性格をしているから、強がって言ってるのか本音なのか判断しづらい。しっかり確かめておく必要はある。

しっかり確かめておく必要はある。

「それは本心か？」

「はい」

緩めていた表情から一転して、明澄に真剣な目つきで問うと、明澄も目を合わせていつもより力強く答えた。

「……分かった。じゃあ、いつでもリタイア出来るよう、とりあえずペアは交換する。で、きつくなったら俺とロッジに行く。それでいいか？」

「はい。それでいいです」

俺は明澄の言葉を信じる事にして、一つ約束を取り付ける。

「という訳だ。二人もそれでいいか？　というかカップル組はそっちのほうがいいだろ」

「もちろん」

「ええ。でも、何かあったら私たちを呼ぶのよ。すぐに飛んでいくから」

「ジャンプ台あるみたいだしね。オレやってみたかったんだよね、スキージャンプ・ペア」

「そんな危ない競技ないでしょ!?　というかペアって言った？　そんな事させないでくれる!?　死にたいの？　お望みなら一緒に死んであげるけどね」

「いやいや。滅多な事言わないでくれ。スキー場の事故は怖いんだぞ」

「ふふ。二人とも危ない事はしないでくださいね」

再び始まった夫婦漫才に明澄は目を細める。気落ちしてしまいそうだったが、これなら特に気にする事もないだろう。

たとえゲレンデ下の隅でやる雪遊びになったってそれはそれで楽しいはずだ。

明澄が楽しいなら俺はそれでいいし、最近はそんな事を考えるようになっていた。

それからペアを交換して、終始和やかにそれぞれもう一度ゲレンデに戻っていった。

「あの、奏くん」

先に行く奏太たちの後ろで、ふと明澄にウェアの袖を掴まれる。

俺が振り向くと、やや頬を赤くした明澄がこちらを見上げて小さく笑みを浮かべていた。

「気を遣ってくださってありがとうございます」

小さく明澄が紡ぐ。

「ん？　気を遣ったってよりも配信も私生活も俺たちはこんなもんだろ。なにかと明澄にやってもらってるし」

自分が困っている時は明澄が手伝ってくれるし、その逆もある。

俺にとっては普段とそれほど変わらない対応だと思っていた。

「ふふっ。そうですね。私が片付けたり掃除したり家事してますからね」

「おいおい。最近はやってるだろ。料理は俺だってするし」

「それだって私もしますけどね」

「……まぁいいや、行こうぜ」

「はいっ」

二人は軽く言い合うと、今度こそリフトのほうへ向かって歩き出す。

そして、明澄の手はまだ俺の袖を掴んだままだった。


「大丈夫か？」

「は、はい。俺くんたちに伝えたからかなんだかマシな気がします」

「ん。ならよかった。でも本当に無理はするなよ？」

「大丈夫です」

リフトに乗る際真っ先に俺が心配するのだが、明澄は今度は強がる様子もなくそう答えた。

未だに明澄の左手が俺の袖を摘んではいるが、それで安心するならと気にしない事にする。

「それにしても、こちらは人気《ひとけ》が少ないですね」

「中級者コースだし、なんかうちの学年は経験者少ないらしいぞ。俺は色んな意味でこっちのほうが都合がいいかな」

リフトから見合わすゲレンデには確かに人がまばらだ。

平日なので一般客も少なく、中級と上級者コースともあって課外学習の生徒も少ない。ゲレンデはスキー場全体で見ても比較的落ち着いていた。

ゆっくり滑りたい俺には都合がいいし、明澄に向けられる視線が減るという事でもある。

俺と明澄の組み合わせは、男子からの恨めしげな視線に悩まされていた。

それに、胡桃も含めて何度かナンパ目的で声をかけられたりするたびに、俺と奏太が追い払う事もあったのだ。

そういう意味でも人が少なめの中級者コースでよかったと思う。

「さぁ、降りる準備しようか」

「は、はい」

頂上が近付くと、明澄は俺の袖を離して距離を取る。若干、表情に緊張を走らせているが、俺もちょっとだけドキドキしていた。

経験者でも稀に失敗してリフトを止めてしまうので、乗り降りの際は注意が必要だ。

そして、係員の合図に合わせ、二人はさっと板を滑らせて無事に降りた。

「おー緊張したぁ」

「庵くんは乗り降りだけは緊張してますよね」

「昔やらかした事があってな」

「そうなんですか？」

「リフトから降りる時にな。板を下に向けすぎて地面に突き刺して、足がもってかれそうになった事があったんだよ」

「ああ。それはトラウマになってしまいますね」

「だろ。だからな、明澄と一緒にロッジに残っててもよかったんだよ」

「意外と庵くんもビビりさんなんですね」

「怒った明澄に比べたらと思ったんだけどなぁ」

「は？　何か言いましたか？」

余裕が出たように見えたので俺が冗談を投げると、にこりと怒気を孕んだ声で明澄は首を捻った。

ざくり、とストックを雪に刺す音が非常に恐怖心を煽ってくる。

危険かもしれないと思って「ハハハ」と笑い声を残しながら、先に斜面を滑りだして逃げる。

「なにわろとんねん」

「怖いって！」

笑顔でぶち切れた明澄がすぐに追ってきた。

明澄の出身言語圏的には言うと思うが、普段は絶対に使わない口調だし、恐らく某野球選手から始まったインターネットミームだろう。

それを口にしているところを見るに、楽しんでいるのだとは思う。リフトの恐怖とかスキーが嫌になっているという事は全くなさそうな雰囲気で、俺は密かに安堵する。

安堵するのだが、冗談でもやっぱり怖かった。


「いやぁ、凄いわ。ほんと滑るのはうまいな」

「そうですか？」

リフトは苦手な明澄だが、滑るのは俺よりもうまいくらいだった。小中学生の頃、学校行事で二度体験した程度らしいが、持ち前の運動神経から上手に滑っていた。

また雪の上で流麗な銀髪をたなびかせて滑る姿はとても映える。ゲレンデを降りた明澄がゴーグルを取ると、その綺麗な顔が現れるのだから男女問わず見惚れるのは当然だろう。

先に明澄が滑り降りるとよく声をかけられる。そのたび俺は撃退したりと苦労した。

もし彼女の彼氏になる人間が居たら色んな意味で大変だろう。

ちょっとした気苦労が絶えないものの、胡桃から引き取った以上はやらなければならないだろう。

「リフトは怖いくせになぁ」

「そ、それは言わないでください……」

そこそこ滑った俺たちは満足してロッジへ戻っていく。

板を担ぎながら他愛ない話を繰り広げたりしつつ、その中で俺がぼそりと明澄を揶揄うと、恥ずかしがった明澄にぽこぽこと背中を叩かれる。

「明澄さん、痛いです」

「ストックではないだけマシだと思ってください。それとも板のエッジがいいですか？」

「それは雪原に椿が咲いちゃうよ？」

「さっき私が怖いとか言ったの覚えてますからね？」

「板のエッジを凶器にするんだから事実だろ。血濡れの聖女様だな」

「なっ⁉」

聖女様の凶暴さを少々揶揄する言葉を並べると、明澄は目を見開いて酷いと言いたげに怒りを見せた。

冗談のつもりで明澄は右を振り上げる。

それは、勢いよくしたからかもしれない。踏み固められた雪の上での体重移動に摩擦力が追い付かず、足を滑らせた明澄はバランスを崩した。

「もう！　俺く、んっ⁉」

言い終わる前に明澄がぐらついて視界から消えかける寸前、俺は全部投げ捨てて明澄を支えた。

ただ、そこまではよかったのだが、俺は妙に力が入らなくて踏ん張り切れず、二人はもつれて転んでしまった。

明澄が俺の胸板に覆い被さるような体勢だ。なんとか怪我はしなかったが、お互いの顔が急接近していた。

いつ見ても綺麗な顔がそこにあって俺は激しく動揺し、明澄も赤くなった表情で驚いていた。

「ご、ごめんなさい！」

「問題ない。明澄、立てるか？」

「は、はい」

俺は明澄ごと上体を起こして先に立ち上がり、彼女を助け起こす。

パタパタとウェアに付いた雪を払いつつまた歩き出すのだが、さっきより二人の間に距離が開く。流石に今のはちょっと恥ずかしかった。

背中に硬い雪を感じたが、腹には真反対のものを感じたくらいだ。恐らく俺の家で明澄が転けそうになった時よりも近かっただろう。

「み、見られてませんよね……」

明澄は周りを気にしつつ何やらそんな事を呟いて、俺をちらちらと見やりながら隣を歩いている。

強く押し退けられた前とは違う様子だが、今は考えている余裕もない。

怪我がなくてよかったと思いながら、俺は早くなった脈拍を抑えつけていた。

＃　＃　＃

「ね、聖女様は好きな人とかいないの？」

就寝前、明澄と胡桃の部屋には二人を含めて女子五人が集まって、ガールズトークが繰り広げられていた。

彼女たちは寝巻き用のシャツなどに着替え、お菓子を用意して夜更かしする気満々に見える。やはり聖女様の恋愛事情に興味があるのだろう。明澄にターンが回ってきたところだった。

「ええ。居ませんよ」

表情を微塵《みじん》も変えず明澄が端的に返答する。

「ええっと、男子の好みとかある？」

「好みですか？」

「背が高いとかオシャレさんとか、かわいい系とか年上、年下とかあるでしょ？」

「そうですね……」

明澄は積極的には男子に関わらないし、女子たちの恋愛話にも自ら交ざる事はない。

ただ、突っぱねるのも角が立つし、気取っていると思われると面倒を呼び起こすので、巻き込まれた時はある程度であれば答えたりする。

明澄の世渡り術というか、女子の世界での立ち回り方だ。愛想はよくしておくべき……なのだが、愛想がよすぎでもそれはそれでというのが怖いところ。

幸い『聖女様』らしい答えなら緩くても許される。明澄は首を倒し無難な答えを思案した。

「やはり優しい人、でしょうか？」

「うんうん！　他には？」

「他ですか……えっと、包容力がある方だと嬉しいかもです」

「分かる分かる！　聖女様ってもしかしてオレ様系とか好きだったりしない？」

「お、オレ様系ですか？」

首をもたげながら答えた明澄に、隣にいたポニーテールの少女が食いついた。

彼女はぐいぐいと迫ってきて質問を重ねるが、明澄は戸惑って聞き返した。

「そう！　自分に従え！　的な感じでプライドが高くて強引なタイプ。いいよね〜、私も支配されたいタイプだから！」

「い、いえ、そういうのはさすがに……」

「なーんだ。仲間を見つけたと思ったんだけど」

「やめときなさい。あんたは特殊な趣味してんだから。清楚代表の聖女様を巻き込まないの」

「そうかなぁ。案外聖女様タイプって、激あま系か、オレ様系のどっちかなんだけどねぇ」

目を爛々とさせ明澄に迫る少女だったが、胡桃に止められて、ちぇーといじけて引いていく。

引っ込む間際に「聖女様もオレ様系が好きになったら言ってね」と、残したのでよっぽど好きなのだろう。

「あ、そうだ！　今日さ、水瀬ちゃん一緒に男の子といたじゃん。あの子と仲良いの？」

今度は茶髪の女子が長い髪を揺らしながら、思い出したかのように言い出した。

今日は俺といる事が多かったので、ついにその追及が飛んできた。

俺と明澄のそれぞれのペアが胡桃と奏太なので、バカップルと交換させられたと思われていたから、あまり指摘される事はなかったが、やっぱり気にはなるらしい。

具体的な話題が上がったからか、室内はきゃっきゃとし始めた。

「あー、聖女様と同じクラスの男子だっけ？　えーと、確か名前は……」

「朱鷺坂君ね。うちのクラスだと沼倉《ぬまくら》君ぐらいとしか喋ってない男子」

「そーなんだ。で聖女様はどうなん？」

「え、えぇ。どうと言われましても……」

胡桃以外の女子が、ずいっと一斉に迫ってくるので、その勢いに圧倒され明澄はおろおろとして座りながらも後ずさった。

「それ、別に私が交換しただけなのよ」

答えあぐねている明澄と女子たちの間に胡桃が割って入る。二人はお隣さんである事を隠しているし、助け船を出してくれたのだろう。

ただ、明澄はにこっとして、やんわりと大丈夫ですよ、と合図を送り、胡桃を制止した。

「ちょっとしたお知り合いです。クラスメイトですし、朝霧さんの彼氏さんのご友人ですから、少し面識がある程度です」

「なるほど。で、どんな人だった？　陰キャ？」

「とてもいい方ですよ。優しいですし、気遣いが出来ますし、お話をするのも聞くのもお上手でしたね。沼倉さんと仲がよろしいのも、類は友を呼んだのかもしれませんね」

興味津々に尋ねてくる茶髪の女子に対して、明澄は優しげな表情で答えた。

短くも俺に対する彼女の印象と心象がそこに詰まっていた。

「え、めっちゃ高評価じゃん！　えーじゃあ今度話しかけてみよっかなぁ。朱鷺坂君てミステリアスなとこいいよね。ちょっと怖かったけど、水瀬ちゃんがそう言うならアリかも？」

「あのね。アンタこの間彼氏と別れたばっかでしょ。節操ないわよ？」

「えー！　やっぱ彼氏は欲しいじゃん。朱鷺坂君、ぼっち系かと思ってたけど、顔は意外と良さげだしー。今度さあ、奏太君と朱鷺坂君呼んでダブルデートセッティングしてよ」

「待ってよ！　わたしも気になる」

「私はいいかなぁ。聞いてる限りオレ様系じゃなさそうだし。でも後で話聞かせてねー」

今までもそれなりに話題に上がる事はあった俺だが、明澄の評価によって思わぬ人気の急上昇ぶりを見せ、女子たちが沸き立つ。

明澄はそれを眺めるだけだが、なんだか嬉しいような感覚がそこにあった。

いつも一緒に配信するし、自分のために素敵なイラストや衣装を描いてくれる俺が評価されるのは誇らしく思える。

それに俺を知ってからは、もっと評価されてもいいはずという思いが明澄にはあったのだ。

「……そうね、あいつも彼女いないほうがおかしいくらいだからね。どうしようかしら？」

一方でそれは胡桃も同じらしい。いつもは俺に対して当たりが強い彼女もなんやかんや俺が評価されて嬉しいようだった。

ただ、胡桃は悩みつつ、ちらりと「いいの？」と言いたげに視線を送って来た。

その意味があまりよく分からなくて、明澄は首を傾げる。

「うーん。まぁ、あいつがいいならセッティングしてあげるわ」

「ほんと？」

「ええ。でも多分無理だと思うのよね」

「なんで？」

「そのうち分かるわ」

胡桃は意味深に呟いて、もう一度明澄を見やる。

すると、明澄は難しそうな表情をしていた。

(な、なんでしょう。この感覚は……)

さっきまで気にする事はなかったのに、俺が評価されるのは嬉しかったのに、どうしてか複雑な気持だ。モヤッとするような、悩ましいような感情が湧き出てきて、明澄は困り始めた。

モヤッとするような、悩ましいような感情が湧き出てきて、明澄は困っていた。

友達として嬉しい事なのに、どこか表現しづらい気持ちがそこにある。

そうしながらも、明澄はその正体不明の感情に、一つだけ名前を見付ける。

（ああ。これ私、厄介なファンやってますね）

それはファンとしてよくある推しをみんなに好きになって欲しいけど、自分だけしか知らないでおきたい、自分だけが知る楽しさや面白さをずっと独占したい、という一方的な感情だ。特にメジャーデビュー前のバンドやアーティストとか、デビュー直後のひよっこなアイドルとか、ひっそりと連載中の漫画とかで発生するものと言えば、表現としては的確だろう。

そんな厄介な気持ちなんだ。と明澄は結論づけて、その日は収める事にした。

一方、その頃の俺と奏太の部屋の様子と言えば、

「寝るわ」

「早くないかい？」

まだ九時にもなっていないのに、俺は疲れた様子でベットに寝転んでいた。

隣のベッドで動画を見ていた奏太は、え？　という表情をして驚いている。

「疲れたんだよ。なんか身体重いし、これが歳をとるって事かね」

「それ、運動不足だよ。オレたちまだ二十歳《全盛期》すら来てないからね？　サッカー部おいでよ」

「絶対嫌だ。まじでもう寝るわ。消灯まで電気は消さなくていいから」

「あいよ。おやすみ」

冗談は言えるらしいが、深く布団を被る俺は本当に怠そうだ。普段より声に覇気がない。

隙あらば部活に誘ってくる奏太に、俺は寝返りを打ちながらにべもなく断り目を閉じた。

そして、翌日の朝。

「嘘だろ……熱あるじゃねぇか」

俺は三七度ちょうどという、絶妙すぎる微熱を出していた。

第11章　聖女様のお見舞い

「三七度か。微熱も微熱だな」

「これは大人しくして様子見だね」

林間学校は泊りがけなので、体調管理のために毎朝熱を測る事が決められている。

体温計には三七度と出たが、俺《いおり》の平均体温が三六度五分程度だから誤差ほどの微熱だ。

あと一分ほど低ければあまり騒ぎはしなかったろう。

俺は教師と相談したうえで、部屋で待機する事になったが微熱以外の体調不良はないから、午後には体温次第で復帰出来る事にもなっていた。

「昨日、寒かったのは悪寒だったんだなぁ」

「あーなるほど」

昨日、奏太《かなた》とともにずっと寒そうにしていたのだが、彼と違って寒がりでない俺は少しおかしいと思っていたのだ。

それに昨日、明澄《あすみ》を支えようとした時に力が入らず踏ん張りなかったのも、体調が悪くなる兆候だったのかもしれないと今になって気づく。

「じゃあ、たまに様子見に来るから養生《ようじょう》しなよ」

「養生ってほどでもないけどな」

少し心配そうにしている奏太がそう言い残して出ていくと、俺は一人ホテルに残された。

「さぁて、描くか」

大事をとっての待機なので、体力を使うとはいえ絵を描くくらいは問題ないだろう。

鞄からタブレット端末とスタイラスペンを取り出した俺は、早速一日ぶりのイラスト制作に取りかかった。思わぬ僥倖《ぎょうこう》だ。

「静かなもんだなぁ」

二時間ほど経過した頃、一息つこうと俺は小雪が振る窓の外を眺めながら呟く。

最近、作業の時には明澄が飲み物を淹れてくれたり、夕食を作ってくれていたので一人で絵を描くのは久々だし、四人でスキーをしたりと賑やかだったからより静けさが際立っている。

なんとなく物足りない。

(いやいや。これが普通だろ)

ふとそう思ったものを俺は頭を振って振り払い、また絵を描き始める。

一人は普通でいいと思っていた。絵を描けるだけで充分に楽しいし、そこそこ付き合う程度の友達がいるくらいがちょうどいい。

ただ、やはりなんだか寂しさは拭えなかった。

今まで感じた事のない何かは、きっと疲れて弱気になっているんだろうと、俺は気を紛らわせるようにペンを踊らせた。

数日ぶりの仕事は雑念と時間を忘れさせ、早一時間、ドアからノックの音が聞こえた。

奏太か教師が様子を見に来たのだろうと、俺が「どうぞ」と口にすれば静かにドアが開く。

「失礼しますね」

予想に反して軽やかな声音がしんとした部屋に響く。

部屋にやってきたのは奏太でも教師でもなく、学校指定のジャージを着た明澄だった。

「あれ、なんで？」

「だって心配でしたし」

お見舞いです、と明澄は、手に提げていたコンビニの袋を俺に見せる。

「というか男子の部屋に入ってきていいのか？」

「時と場合というやつですね」

口許に人差し指を当てた明澄はお茶目に片目を閉じる。

昨日、胡桃を注意していたのも集合や準備に遅れないようにという意味合いが強かったし、彼女もそこまで気にしていないのだろう。

これでこっぴどく教師に叱られたら、その時は一緒に怒られるしかない。

日頃の行いがよい聖女様を酷く叱りつけて、指導する教師は想像出来ないし。

「でも正直に言いますとね。心配だったのもあるんですけどリフトに乗るのが怖くて、こっちに来てしまいました」

「まだ怖いのかよ」

「こ、怖いものは怖いんですっ」

完璧に見える明澄にもなかなかに可愛らしいところがある。

苦笑して言う俺に、明澄は恥ずかしげに顔を赤くして抗議していた。

「まぁいいや。それよかさ、微熱って言っても別に元気だぞ？」

「ええ、沼倉さんからお聞きしてます。でも万が一という事もあるでしょう？」

「結局元気だったわ。ほら、こうして絵も描いてるし」

「そこは大人しくしていましょうよ。というか本当に元気なんですか？　時間も経っていますし、もう一度熱を測りましょうか」

明澄が見舞いに来てくれて嬉しいが、そこまで気にかける事でもないだろう。

俺は笑いながら描いている絵を見せるが、それでも俺の体調が気になった明澄が部屋に置いてあった体温計を手渡してくる。

こんなに元気だし「ないない」と、俺は笑い飛ばしながら体温計を受け取って脇に挟む。

「……」

少しだけ無言の時間が訪れて、ぴぴぴっと体温計の音が鳴り響けば、俺はそこに表示された数値を見てから、ぎこちなく明澄に報告した。

「どうでした？」

「……ヘイネツデシタ」

「ちょっと見せてください」

「恥ずかしいっ」

「なにが恥ずかしいんですか。嘘をつかないでください。ほら、見せてください」

「あ……」

見られたら怒られるので抵抗したが、パシッと体温計を掴んだ明澄に呆気なく奪われる。

「……熱、上がってますね」

奪い取った体温計の数値を確認した明澄は静かに「庵くん？」と、呟いて怒りの角を生やす。

「いやいや。三七度三分だし。誤差だって」

明澄がじとーっと細めた瞳で見つめてくる。一瞬で、まずいものを感じ取った庵は取り繕うため「大丈夫、大丈夫」と宥めにかかった。

「庵くん？」

「すみません」

けれども、今度はにっこりと笑ってそう言われてしまい、庵は観念した。

これは確実に笑っていない。怒り心頭である。おこである。聖女様から溢れ出る怒りのオーラは庵を震え上がらせるには充分だった。

これ以上の抵抗はさらに怒らせそうなので、大人しくするのがいいだろう。庵はガクンと首を折った。

「なんで、イラストを描いていたんですかっ」

「いや、イけるだろって思って」

「庵くんはそういうところが適当ですよね？　人には心配したり、気を遣えるくせに自分の事はぞんざいにするんですから」

「ご、ごめんて」

普段は小言を言う程度だが、今日は眉を寄せた明澄にしっかり咎められる。

これほど怒られたのは初めてではないだろうか。

「はぁ……。すぎた事ですし、言っても仕方ありませんね。こういう事もあろうかとお見舞いに来たわけですし」

ため息をついた明澄は部屋の椅子をベッドの傍に持ってきて座り、コンビニの袋を漁りながら「私だって配信したいのに……」と愚痴を零した。

抜けがけしたようなものだから、俺はその申し訳なさを含めて「面目ない」と謝りつつ、保存作業の後タブレットの電源を落とした。

「とりあえず水分補給はしましたか？」

「いや、作業してたしな。あんまり飲んでない」

「一応スポーツドリンクを持ってきましたので飲んでください」

「ありがとな」

袋からスポーツドリンクと紙コップを取り出した明澄は、コップに注いで渡してくれる。

本当に甲斐甲斐しい。世話焼きな明澄らしいと思いながら、俺はありがたく頂いた。

「あと、私のものなんですけど、これから熱が上がるかもしれませんので、解熱剤など用意しておきました。必要になれば遠慮なく使ってください」

明澄はピンクの可愛らしいポーチからいくつか薬を取り出して、サイドテーブルに並べる。

おまけに一つずつ「これが解熱剤です」「これは痛み止めです」と説明付きで揃えてくれた。

一人暮らしでお金もある程度稼いでいるからそれなりに一人前だと思っていたが、その光景は如何《いか》に自分が未熟なのか俺に自覚させた。

「俺も一応持って来たけど、ほんと明澄は準備も手際もいいな」

「薬類は諸々普段から常備してますので。体調の変化は急にやってきてしまいますからね」

「使わなくていいようにしたいな」

「でしたら、横になれとまでは言いませんけど、もう絵はダメですからね」

「分かってる」

これだけやってもらって無視したら次はどうなる事か。何より健気に看病してくれる明澄にとてもじゃないがそんな事は出来ない。

後は養生するだけだが「他にありますか」と、明澄はどこまでも甲斐甲斐しくて、俺はにこりとしながら「充分だよ」とやんわり断った。

それで明澄を実習に戻すつもりでいたのだが、何故か彼女は椅子に座ったまま。そっと見守るように千種色の瞳を俺に向けていて、立ち去る気配が感じられなかった。

「明澄は帰らないのか？　いや、見舞いにきてくれたやつに言う事じゃないけど。自由にしてくれていいんだぞ？」

俺からすると自分が悪いのだし、そこまで迷惑をかけたくはない。

せっかくの林間学校なのだから、スキーはしなくても楽しめる事は他にもあるはずだし、明澄の時間を奪いたくはなかった。

「あなたの監視です。また絵を描き始めないか心配なので」

約束を破るつもりはなかったが信頼されていないのだろう。真面目な顔でチクリと言われては「その節は申し訳ございません」と、頭を下げて返すほかなかった。

「まぁ、監視もありますけど、昨日は庵くんが助けてくれましたからね。そのお礼でもあります。なのでこれは私の意思《勝手》ですよ」

微笑む明澄がそう付け加える。

(俺はダメなやつだなぁ)

きちんとしているというのは明澄の事を言う。俺は心の中で彼女と自分を比べつつ、明澄に依存しすぎだ、と反省する。

「ごめん。俺がだらしないから。色々と悪い」

「もう。私の勝手と言ってるじゃないですか。別に責めたい訳ではありませんから」

「ああ、うん。ありがとう」

「よろしい」

言って、明澄は慈愛に満ちた表情で小さく笑いかける。

そんな明澄に見とれて、庵が被り直そうとした布団を掴み損ねているところ——「仕方ないひとです」と、明澄は布団をかけながら囁いてきた。

その甘さをたっぷりと含んだ眼差しと声音に、ぞくりと背筋に何かが走る。悪寒か痺れか。瞬く間にして熱が身体を駆け巡り、俺は仄かな呻きとともにベッドを軋ませた。

「俺くん？　寝てしまいましたか？」

お見舞いに来てから一時間弱経った頃、明澄がベッドに沈んでいる俺を覗き込む。

他愛ない談笑をしたり動画を見たりとのんびりすごしていたが、俺はいつの間にか眠ってしまったらしい。

熱の具合から横になる必要はなかったが、普段は仕事に学校、配信と忙しく疲れていたのだろう。その疲れが熱という症状に出たわけで、一度横になったら眠くなるのも頷ける。

すぅすぅ、と俺は小さな寝息を立てて眠っていた。

「先週までは忙しかったですもんね。元々、睡眠時間も少ないようですし」

寝ている俺に柔らかい笑みを向けながら明澄は独り言を漏らす。

バレンタイン系の仕事があって俺は特に忙しそうにしていたから心配だったが、ここで一息つけるのなら少し安心でもある。

(それにしても綺麗な寝顔です)

乱れた布団を整えてあげていると、ふと俺の顔が視界に入る。

自分の事を悪くもイケてもないと自称する俺だが、そんなに悪くないどころか綺麗なほうだ。

奏太や胡桃、明澄のような美男美女が傍にいるから自己評価が下がってしまうのだろう。

眉は整っているし、薄く茶色がかった髪は毛先が跳ねていながらも艶がある。目立つ顔立ちではないが、確実に端正であると言っていいはずだ。

普段怒ったりなんてしないし、それほど豊かな表情を見せはしないが、今は可愛らしい優しげな顔つきをしていた。

「ふふ。可愛いです」

ふにゃりと明澄は眦を下げて顔を綻ばせる。

俺は大人びているというか大人しいというか、悪くいえば高校生らしくない可愛げのない性格だが、部屋を散らかしたり微熱があるのに絵を描いてみたりと、どこか子どもっぽさもある。ちゃんと綺麗なお顔をしているんですよね、と明澄は笑みを零しながら俺の乱れた髪を直していた。

(当然ですけど、シャンプーやトリートメントは同じなんですね)

彼の髪を直す途中、明澄はふわりと香ってくる甘めの匂いに気づいた。

ホテルの各部屋の風呂に設置されているシャンプーなどは、男子も女子も同じらしい。

他人からこうして自分と同じ匂いがするのが、なんだか不思議で楽しくなってくる。

悪戯心が芽生えた明澄は、俺の頭をしきりに撫でてみたり、頬を触ったりと俺で遊び始めた。

俺は意外と柔らかな肌をしていた。頬に触れると、ふにっとした感触が指先に返ってくる。

まさか普段から手入れをしている自分より柔らかいのではないか、と明澄は気になって交互に触ってみたりした。

あまり人と触れ合わないし、ましてや男子とは手を繋いだ事も触れた事すらない。

そんな明澄には面白かったのだろう、やりたい放題だ。

飽きるまで俺へのちょっとした悪戯は続くのだった。

「このくらいにしておきましょう」

そして、ひとしきり楽しんでいた明澄が手を引っこめる、その本当に最後の最後で。

(何やってんだ……?)

少しだけ覚醒した俺が半分夢心地の中で戸惑ったのち、もう一度眠りについたが、明澄は気づいていなかった。

第12章　下がった熱と上がった熱

「よかった。治ったみたいだね」

「心配かけたな」

夜になるとすっかり庵《いおり》の熱は下がっていた。

体調が戻った事により、復帰が認められて行事の輪に戻ってくると、奏太《かなた》が安心したように笑って迎えてくれる。

今は学年で集合し、大きな体育館を借りてオリエンテーションの時間へと移っていた。

「せっかくの林間学校なんだから、体調管理くらいしっかりしなさいよ。みんな、楽しめないじゃないの」

「ほんとです。ちゃんとしてください」

全く、と腕を組む胡桃《くるみ》に同調しつつ、いつもよりトーンを低くした明澄《あすみ》からお小言を貰う。

お世話をさせてしまった身としては、バツが悪くて「すまん」と謝るしかなかった。

「聖女様なんか厳しめ？」

「そんな事ないです」

療養するべきなのに、絵を描いて熱が上がった事に対するお怒りの延長だろう。

元気になったところで、一度釘を刺しにきたと思われる。表には出さないが大変ご立腹であろう。

明澄には迷惑をかけたので、二度とこういう事がないようにしようと密かに自戒した。

「さて、俺も戻ってきた事だし、そろそろオレたちも始めようか」

「それはいいけど、なんでオリエンテーションで箸とかうどんを作らなきゃいけないんだ？　もっとなんかあっただろ」

「文句言わないの。言うなら数年前に羽目を外した先輩に言いなさいな」

「これはこれで楽しいですし、いいじゃないですか。ね？」

高校生の林間学校ならもう少しなにかあっただろう、と俺は文句を垂れながらうどん粉を手に取る。

本来なら今頃火を囲んでいたはずだが、過去にキャンプファイヤーで問題を起こした生徒がいたらしく、羽目を外せないようなプログラムになったそうだ。

女子二人に宥められた俺は、ややつまらなそうにうどんをこねる。

ちなみに明澄と俺がうどん作り、奏太と胡桃が箸作りの担当だ。

「ねぇ、奏太。それなんか曲がってない？　私のやつ作ってくれてるんでしょ？」

「ん？　じゃあこれは朱鷺坂君のやつにしようか」

「そうね」

「おい、そこのバカップル。失敗作を俺に押し付けるな」

「失礼だな。芸術だよ」

「失礼なのはお前だよ。芸術に謝れ。あと雑な乙〇やめろ。お前らのうどん刻んでやるからな。伏魔御〇子だこのやろう」

「もう、大人げないですよ」

ふざけたり言い合いをしながらも四人は和気藹々《わきあいあい》としつつ、それぞれ箸作りとうどん作りを進める。庵のツッコミにもキレが出始めたので、体調も万全に近付いてきた証だろう。

いつもの姿に戻りつつあった。

余談だが、曲がった箸はじゃんけんの末、庵が引き取る事になった。


「これ熱気が凄いなぁ」

夜のオリエンテーションも佳境に近付き、うどん作りも最終工程を迎える。

大鍋で四人分を混ぜていれば段々と腕が疲れてくるし、冬といえど湯気が凄くて大変だった。

「茹《ゆ》でるの大変ですよね。交代しましょうか」

「あ、ああ。さんきゅ」

うどんのつゆなどを作っていた明澄が見かねて、作業を代わってくれるのだが、場所を入れ替わる際ふわりと揺れた明澄の髪が庵の鼻先を撫でた。

よく見ると毛先は少し濡れているようだった。

本日最終プログラムのオリエンテーションは二部制で、こねたうどんを寝かせている間に、お風呂の時間を取る変則的な工程を辿っている。

風呂上がりから間もないし、まだ完全に乾ききっていないのだろう。いつもとは違う妙な色気に、どきっとしつつ昼の事を思い出す。

寝起きで意識がはっきりとしていなかったから記憶が朧《おぼろ》げだが、夢でなければ明澄は自分の髪や頬を触っていたりしたはずだ。

何を思ってそんな事をしていたのか知らないが、とにかくあの子どもっぽい笑みを浮かべた明澄を思い出してそわそわする。

「なーに、聖女様に見蕩れてんの？」

「見蕩れてねぇよ。というか俺じゃなくて周りの奴らに言ってやれよ」

明澄に気を取られていると胡桃が、肘で突きつつニヤッとしながら絡んでくる。

人の視線に目ざといやつだ。厄介そうに顔を顰めた庵は、自分への矛先を逸らすために周りをだしにした。

明澄が気になるのか、先ほどからちらちらと窺い見てくる男子たちが視界の端に映るのだ。

いつもならあまり気に留めない女子たちの姿もあったりする。

奇妙なのは自分にまで視線が集まっていた事で、庵は居心地が悪くて仕方がなかった。

「あーまぁそうね。でも、やっぱりあんたも見てたでしょ。顔、赤いんじゃない？」

「また熱でも出たんだよ」

「今の君のそれは洒落になんないよ……」

「冗談だ。ま、暑いのはほんとだから風に当たってくる」

「はいはい」

冗談半分に揶揄われるのは平常運転だが、胡桃の指摘は当たっていた。周りの妬ましげな視線や奏太たちから逃げ出すように俺は、体育館を後にした。

一方で話題の当人である明澄は全く気にも留める様子もない。澄ました表情でうどんを茹でていたが、その内心と一度だけ俺へ飛んだ視線を誰も知らなかった。


「こんなところに居たんですね」

体育館の外にあるホテル近くのテラス。俺が一人で夜風に当たっていると、すっと隣に明澄が現れた。

その手にはうどんが入った紙製のお椀を持っており、カイロ代わりにしている。

「寒さがなんとなく気持ち良くてな。星も綺麗だし」

「確かにとっても綺麗ですよねぇ」

山にある場所なだけあって、夜空は澄んでいて星が鮮明に見える。普段は街中に住んでいるから星が見えづらいし、いつの間にか見入ってしまうほど満天の星は珍しかった。

俺につられて夜空を見上げた明澄は、白色の吐息を漏らしながら目を細めていた。

「お、美味そうに作れたんだな」

暫く一緒に星を見上げた後、俺は明澄の手元に視線を落とす。

湯気を立てるうどんは、かまぼこと天かす、ネギと王道。小腹が空き始める時間とあって非常に食欲をそそられた。

「はい。とても美味しいですよ」

「俺も戻ったら食べようかね。あいつら、箸ちゃんとしてくれたかな」

「あ、それは……」

そろそろ戻らないと伸びきってしまうな、と俺は箸とうどんの心配をするのだが、隣で明澄が戸惑いがちに言葉を詰まらせた。

嫌な予感がする。

「え？　なにどうしたんだ？」

「あの、大変申し上げにくいんですけど、お二人が俺くんのお箸を折ってしまっていました」

「は？　あいつら、なにやってんの!?」

俺が外に出た後の事件を明澄から申し訳なさそうに伝えられる。

やりやがったな、と寒空に声を響かせる俺に慌てて明澄が「せ、責めないであげてください！」ととりなす。

「いや、うん。悪気はないだろうから、そこまで本気で怒ってないよ。で、何があったんだ？」

「実は曲がった箸の矯正を試みていたらしいんですけど、ポキッと折れてしまったようで……」

「ポキッと？」

「はい、ポキッと」

「そっか……まぁ、しゃーないな。わざとじゃないならいいや。割箸でも食えるし」

初めから歪《いびつ》だったものだし、善意から直そうとしていてくれたのだから仕方ないだろう。諦めはつくが、それでも少しショックだ。

それも思い出といえば思い出だ、と肩を落として少し無理に割り切っているところ、明澄に体操服を引っ張られる。

「……あ、あの。よかったらこのお箸で食べますか？」

引っ張られた先を見やると、明澄がおずおずとうどんが入ったお椀を差し出してきた。

「いいのか？」

「ええ。せっかくですしどっちも手作りで食べたほうが思い出に残るでしょう？」

「まぁ、そうだな。じゃあ、ありがたく貰うとするか」

手作りの箸で手作りのうどんを頂くのが今回の催しの醍醐味《だいごみ》だが、それが叶わなくなった俺を可哀想と明澄は思ったのだろう。

ありがたい、と俺はその申し出を受け取る事にした。

「はい、どうぞ」

「？」

箸とお椀を受け取るつもりだったのだが、どうしてか明澄がうどんを掴んだ箸を向けてくる。

巷《ちまた》で噂の、あーんというやつだろう。俺は驚いて身体の動きを止めてしまった。

チョコの件があるのによくやる、と思う。過剰に反応する事でもないだろうが、それを意識し出すと止まらない。

なのに、明澄はきょとんとしながら「食べないのですか」と小首を傾げていたのが癪《しゃく》だった。

わざわざ口に出すとこちらだけ意識しているようで恥ずかしいので、俺はもういいや、と遠慮がちに箸を咥《くわ》えた。

「いい感じにしこしこの麺が出来あがったんです。どうですか、美味しいです？」

「う、うまい……けど」

初めはうどん出汁の甘じょっぱい風味が口いっぱいに広がったのだが、食べさせられるのが恥ずかしくて、味が分からなくなりそうだった。

明澄に感想を聞かれても、それを悟られまいと誤魔化すのに精一杯で歯切れが悪くなる。

「けど？」

「いや、なんでもない。ありがとな。美味しかった」

「ふふ。よかったです」

「じゃあ、全部食べたら悪いし、先に戻って俺も貰ってくる」

「はい。いってらっしゃい」

俺に手作りの箸とうどんを体験させてあげられて、満足そうに微笑を浮かべている明澄だが、未だ気づく様子はない。

ならばぼろが出る前にと、俺はその一口だけにしておいて先に体育館へ逃げ帰った。

「あ……お箸」

それからテラスに残った明澄が、何やら自分の箸を見つめてそうか細い声を出す。

ようやく気づいたらしい明澄は可愛らしく「うぅ」と唸り、何度か箸でうどんを掴んだり離したりと躊躇う。

チョコの時のあの恥ずかしさを知っているから、その先の二度目はもうない。

はずだったのに、一つ二つ思考を重ねてから明澄はええい、とぱくりと口に運んだ。

無論、まともに味がしなかったのは言うまでもないだろう。

赤らんだ頬をもぐもぐとさせながら、うどんを食べきった頃には、寒さではなく熱で明澄の耳が赤く染まっていた。

第13章　暗がりの中の聖女様

林間学校はついに最終日を迎えた。

三日目ともなれば特に大きなイベントもない。

学年やクラスで集合写真を撮ったり、残り半日をスキーをしながらすごすくらいだろう。

そういう予定だったのだが、あいにくの大雪でリフトが止まり想定外の自由時間が発生した。

男女の部屋の行き来が解禁されたので、俺たち四人は一つの部屋に集まって駄弁っていた。

「最終日に大雪なんて降らなくてもいいのにねぇ」

「バスを出せるか怪しいらしいですよ」

「もう一泊みたいな話、先生がしてたけどほんとかしら？」

「オレも聞いたな。まあ、それはそれで楽しいかも。ね、朱鷺坂君」

「いや楽しくはないぞ。こっちはな……」

「こっちは？」

「ああ、いや。なんでもない」

俺のベッドに明澄と胡桃が座り、奏太のベッドに男二人が座りつつ、そんな会話を広げる。

かなりの大雪で外出すら危険だ。これまで経験のない事に奏太と胡桃は、台風でわくわくする子どものようにテンションを上げていた。

この三日間イラストの制作作業を進められずにいるので、俺は呑気な彼らが羨ましい限りだった。

問題がないようにスケジュールを組んでいるが、やはり心理的には早く帰りたいと思って、危うく彼はその事を口に出しかけていた。

「こういうのは楽しんだ者勝ちよ？　明澄もそう思わない？」

いつの間にか明澄を呼び捨てにしている胡桃が同意を求める。

俺が知らないタイミングでより仲良くなったのだろう。心なしか林間学校前よりも距離が近い気がする。

「私も予定があるので早めに帰れるほうが嬉しいかもしれません」

配信の再開や準備のために早く帰れるのが望ましいに決まっている。明澄はちらりと俺のほうを見やりながら苦笑気味に答えていた。

そっか。……ああそうだわ。ねぇ？　暇だし、帰れるか帰れないか、賭けをしましょう」

「賭け？」

「ええ、当てたほうが外したほうに何か一つだけ命令が出来る的な……」

意見が半分に割れたからちょうどいいとでも思ったのだろう、胡桃が唐突にそんな事を言い出す。

明澄が短く聞き返せば、胡桃は「シンプルでしょ？」と言いながら面白そうにする。

暇なのも帰れない不安を嘆いても変わらないし、俺も遊びに乗ろうとするのだが――。

「……おっと」

その瞬間フッと部屋の明かりが消えた。

恐らくは、大雪による停電のせいだろう。

「きゃあぁっ！　無理無理無理無理！　ダメダメっ！　ほんとに無理！　奏太、奏太!?　どこぉっ!?」

部屋の明かりが消えると同時に、胡桃がしゃがみこんで過剰な反応をしだした。

「あ、やば。カーテン開けてくれる？」

「ああ！」

奏太は突如パニックになっていた胡桃に寄り添いつつ、奏太が指示を出す。

言われた時には既にカーテンに手をかけていた俺が勢いよく開いて、部屋に僅かな明かりを取り込む。

異常を察知した明澄がスマホで部屋を照らしてくれたから、胡桃は次第に落ち着いていった。

「胡桃さんは、どうされたんですか？」

ことりと、テーブルにスマホを置いた明澄が、窓際で奏太に抱きつきながら震えている胡桃を心配そうに見やりながら尋ねてくる。

「彼女、暗所恐怖症なんだよ」

「そ、それは大変です……」

遮光性の強いカーテンというのもあっただろう。停電によって部屋の明かりが消え、外の悪天候もあって部屋は一気に暗くなった。

暗所恐怖症の胡桃にとって、パニックになるには十分だったはずだ。

幸い昼間なので、カーテンさえ開けてしまえばある程度光を取り込めたのは幸いだった。

「悪いけど。彼女の部屋に連れて行ってくるね」

「了解」

「気をつけてくださいね」

奏太が傍に居ることで胡桃は、やや苦しげな顔をしつつも平静を取り戻したようだ。

俺たちに気を遣って、奏太は胡桃を二人きりになれる胡桃たちの部屋に連れていった。

「胡桃さんは暗いところが駄目だったんですね。大丈夫でしょうか」

「前に色々あったらしくてな。もしかしたら寝る時も間接照明はついてたんじゃないか？」

騒動も落ち着き、俺が自分のベッドに腰掛けると、明澄もついてくるようにしてすぐ隣に座った。

恐怖症まではいかないが、リフトに恐怖感がある明澄には共感出来るところがあるのだろう。

胡桃の事をとても心配そうに気にかけていた。

「あ、言われてみればついていました」

「やっぱりか。……しかし暗所恐怖症なんて大変だろうなぁ」

「でも、凄く分かる気がします。私もこうしているとちょっと怖いので」

やはり人としての本能なのか、暗がりではある程度の恐怖感が出るらしい。

　ぽつりと漏らすように言う明澄の表情は少し重たかった。

　今は俺がライトをつけたスマホの上に水の入った二リットルのペットボトルを置いて簡易的な照明を作り出しているし、窓からの明かりもあって部屋はそれなりに明るい。

　それでもまだ仄暗く、俺も明澄もそこそこ怖さを感じていた。明澄が隣に腰掛けてきたのも、無意識に安心感を求めたのだろう。

「大丈夫か？」

「はい。俺くんが明るくしてくれていますし、喋っていると落ち着きます」

「ん。ならいい。あと布団かぶっとけ。エアコン切れてるから冷えるだろ」

「ありがとうございます」

　一方の俺はおこがましくも、明澄を安心させたいとでも思ったのだろう。内心とは裏腹に全くと言っていいほど落ち着き払っていた。

　いずれ自家発電で復旧するだろうが、エアコンが切れてから数分経つから既に寒くなってきている。

　俺は畳んでいた掛け布団を、明澄に掛けてやるように渡した。

「もしダメだったら言えよ」

「あの、でしたらお顔を少しだけ」

　おずおずと明澄がそう切り出す。

「顔？」

「はい。誰かの表情が見えるだけで心理的に全然違うらしいです」

「まぁ、そういう事なら」

要領をつかめず戸惑ったが、明澄がそれがいいと言うのであれば、と俺は受け入れて隣に座る明澄と距離を詰める。

身長差があるので、見下ろすように顔を見せると、すっと明澄のひんやりとした手が頬に伸びてきた。

（えっ……）

顔を見るだけだと思っていたから予想外の事に俺はびくっと肩を震わした。声を出すと怖がらせたり遠慮させてしまうかもと、ぐっとこらえる。

やけに冷たく感じるのは自分の頬が熱を帯びているからなのか、単純に明澄の手が冷えているからなのか。けれど、考える余裕はなくて、俺は明澄のなすがままにされていた。

「やっぱり、柔らかいですね」

「そうか？」

「ええ。男の人ってもう少しごつごつとしているのかなぁって思ってましたから。俺くんが特別なのかもしれませんけど」

「自分じゃ分かんねぇな」

ふにふにと遊ぶように俺の顔を触りながら、明澄はそんな感想を口にする。

本人の俺からすると人の顔など触った事なんてないから確かめようがないが、触っている明

澄が言うのだからそうなのだろう。

自分も明澄の頬で試してやろうかと思ったが、それはやめておく。

代わりに、ある事に気づいた俺は手ではなく、口を出す事にした。

「そういや昨日。お前、俺が寝てる時に顔を触ってたよな？」

「え？　あの、なんで？」

昨日、聞けなかった疑問を問う。

そうすると明澄は驚いたように声を漏らし、おろおろと分かりやすく狼狽を表情に映した。

「だって明澄、さっき『やっぱり』とか言ってたし、昨日ちょっとだけ起きてたんだよ。ほとんど記憶ないけど今ので確信した」

「あ……」

夢か現実か曖昧《あいまい》だったが、彼女が口にした言葉によって俺は確信に至っていた。

墓穴を掘るとはこの事だ。

指摘された明澄の表情はみるみると赤くなっていき、さっと俺の顔から手が離れた。

彼女は肩に掛けるように被っていた布団に頭まで引っ込めて、ぷるぷると震え出した。

「あ、あのべつに悪い事をしようと思ったわけではなくてですね……」

「分かってる、好奇心だろ。けど、男にあんまりああいう事すんなよ」

「はい、ごめんなさい」

布団の隙間から消え入りそうな声で明澄が謝る。

どこか小動物っぽくて可愛らしい。そう思った俺に一種の愛玩欲というか、嗜虐《しぎゃく》的な欲が湧いてきて手が伸びかけたが、流石に可哀想なのでやめておく。

暫く引っ込んでいる明澄を眺めていると、明かりがついた。

「明澄、電気ついたぞ」

「知ってます」

「出てこないのか？」

「駄目です」

「おーい」

「駄目です」

明かりが戻ってきたと伝えてみても、明澄は穴に隠れる兎が如く姿を見せない。

何度か声をかけてみても「駄目です」と言うだけで、明澄は暫く布団の中だった。

それから数分後、布団から耳と頬を朱色に染めた明澄が出てくる。

表情を見られまいと顔を逸らしている姿は、思わず撫でたくなる衝動を抑えるのに苦労した。

第14章　聖女様の欲求とまたあとで

大雪による停電騒動や帰りのバスの心配もされたが雪が落ち着いてきたため、どうにか帰宅は叶いそうだった。

今はバスの中にいて、三日間の林間学校は終わりを告げようとしていた。

「バスが動いてよかったぞ、ほんと」

「オレはもう一日いてもよかったけど、今日は大変だったしね」

まだ少し吹雪いているので、立ち往生の可能性もなくはないが、とりあえずバスが動いた事に俺《いおり》は、ほっと一息ついていた。

相変わらず奏太《かなた》はもう少し遊んでいたかったようだが、胡桃《くるみ》を見るとかなり疲れ切っている し帰宅したほうがいいだろう。

「三人とも迷惑をかけてごめんね」

「いえ、とんでもありません。仕方のない事ですから、気にしないでください」

「水瀬《みなせ》の言う通りだわな。俺たちは全く迷惑なんて思ってないし」

本来男女は分かれて座るのだが、特別に奏太と一緒に座っている胡桃は、いつもの強気な性格をどこに置いてきたのかと思うほど弱々しくなっていた。

二人の事情によって俺と明澄《あすみ》も座席が隣り合う形になっていて、後ろの胡桃を気にかける。

初日から明澄と行動する時間が多くて、ずっと周りから奇異の目と妬み嫉みを含んだ視線が飛ばされているが、胡桃の状態もあって露骨ではないのが救いだ。

早く帰りたい気持ちは加速しつつも、明澄と俺にとっても胡桃のほうが優先であるから、今は無視出来はする。

どちらかと言えば、明澄による頬撫で事件の影響で多少意識する気持ちが、胸の内を彷徨っているほうが問題だが。

「そうだよ、胡桃。朱鷺坂《ときさか》君が熱出した時も水瀬さんのリフトの時も別に迷惑なんて思わなかったでしょ？　それと一緒だよ」

「そうね。ありがと。奏太、好き」

「うん。オレもだよ」

俺と明澄の言葉に奏太も同調して、彼女の肩をさすってやっていた。

胡桃はしおらしくして奏太に寄りかかる。

「そんだけイチャつけるなら大丈夫だな」

「いつもの胡桃さんですね」

いつもはバカップルめ、と言いたくなるが今ばかりは微笑ましくなれた。

「お、美味いな。サービスエリアといったらホットスナックの自販機だよな」

「最近は減ってきているみたいだけどね」

「そうそう。もう会社がなくなってたりするらしいわよ」

サービスエリアに停まると、四人は夕食代わりにホットスナックを自販機で調達していた。

フードコートの一角に陣取り、それぞれジュースと一緒に広げる。

俺と明澄はホットドッグ、奏太がハンバーガー、胡桃がポテトを手にしている。

「水瀬？　どうした、食べないのか？」

「いえ、食べますよ。ちょっと熱かったので」

「そうか、急かすようで悪かったな」

「いや、そんな事は」

ふと明澄に目を向けると自分のホットドッグを見つめるばかりで、口をつけていなかった。

おかしいなと思い声をかける。明澄は笑って誤魔化すのだが、それが作り笑いなのは直感で分かった。

不審に見えるものの、その理由を思いつく事もなかったため様子を見るに留めた。

バスに戻れば隣だから調子を窺いやすい。俺は食事の後にお土産を確保し、明澄を連れて早めにバスに戻る。

そして、バスのタラップに足をかける寸前で、先に明澄から打ち明けられる事になった。

「あの、少しいいですか？」

「どうした？」

やや深刻そうに明澄が俺を見上げながら袖を引っ張ってくる。

下手に誰かに聞かれるのもと思って、とりあえずバスの中に身を隠すようにして戻る。早くにサービスエリアから帰ってきたから、まだ中には運転手すらいない。

それを確認すると、明澄が意を決して切り出した。

「えっと、配信したいです……」

「……は？」

僅かに頬を赤くした明澄はもじ、と身を捩らせながら、そう告げた。

一瞬、何を言い出したのか理解が追いつかず俺は、呆けた声を出してしまった。それはもう随分間抜けな声だっただろう。

「実はこの三日間ずっと配信したくて……」

(配信モンスターの禁断症状出てるじゃねーか)

明澄が言い直すと俺は内心でそう突っ込んだ。

心配して損した、とまでは言わないがあんな顔をして言う事かとは思った。

「お前、ほんと配信好きだな」

「私の全てを注ぎ込んでいるものですから。でも、こんな事を言っても迷惑ですよね」

「あーいや、まぁ明澄の体調が悪いとかじゃなくてよかった。なんなら元気だな」

「す、すみません」

とりあえず明澄に悪いところはないらしい。

呆れるというか、気が抜けるというか。苦笑いしつつ俺は胸をなで下ろした。

とりあえず明澄に悪いところはないらしい。

いそいそと隣に座った明澄は、そんな欲求を我慢出来ていない自分に羞恥を覚えたらしい。

申し訳なさそうに小さくなって恥じらう様子を見せていた。

「とりあえず、我慢してくれとしか言えん」

「まぁ、我慢するほかないですからね」

配信したいと言われたって今からここでやるには少々やんちゃがすぎる。

最早、身バレどころの騒ぎではない。

もしやればゲリラ引退配信となって、伝説の幕開け即閉じ案件間違いなしだ。

「まぁ、帰ったら配信しよう。雑談でもゲームでも朝まで付き合ってやるから」

「ほ、ほんとですか！？　ありがとうございますっ」

本当は帰ったらすぐに休みたい。でも、気持ちは分かるので俺が「約束だ」と言えば明澄は、ぱあぁと表情を明るくさせて、ぺこりとお辞儀をした。

それから隣には配信が待ちきれないとばかりに、終始ご機嫌な明澄の姿があった。

＃　＃　＃

「じゃあ、また週明けに」

「二人とも楽しかったわ。ありがとね」

「おー。また月曜日な」

「私も楽しかったです」

明澄の衝撃の告白から数時間後の夕方、俺たちは学校へと戻ってきた。

その後、四人は途中まで一緒の帰路に就き、別れ道まで歩いていたところだ。

全員冷静なところがあるからか変な感傷に浸る事もなく、普段の放課後のように一言ずつ交わすとそのまま別れた。

四人で写真を共有する約束もしているから、別れもそれほど惜しくなかったのかもしれない。

語りたい気持ちがないわけでもないし、暫くは学校でもスキー合宿の話題が尽きないだろう。

「よーし帰ったら配信するか。とりあえず、夜食の準備だな」

「ええ。楽しみです。お夜食はおまかせしましたっ」

奏太や胡桃と別れた二人は雪が降る静かな街中を歩いていく。

二人の頭の中は配信の事でいっぱいだ。

配信が待ち遠しかった明澄はともかく、俺も段々と配信の気分になってきていた。

「それにしても、色々ありましたねぇ」

「まぁな。行く前はあんまり気乗りしなかったけど、楽しかった」

二人は歩みを揃え、自宅までの帰路を辿っていく。途中、明澄は空を見上げて少し懐かしそうに言う。

最初は林間学校なんて、と思っていたが振り返ってみれば存分に満喫したと言えるだろう。

俺は素直に明澄へ頷いた。

「はい、この三日間、俺くんはとても楽しそうでしたよ」

「熱出たのに絵描いて明澄に怒られたりしたけどな」

明澄が微笑ましいものを見るように言えば、俺は苦笑混じりに思い出を一つ語る。

それは俺くんが悪いです、と目を伏せて彼女はつんとした態度を取りながらも、どこか声を弾ませた様子で隣を歩いていた。

「寝てる時に明澄に顔を触られたりもしたな」

「……それは私が悪いですね」

今度は明澄が決まりが悪そうに答える。

彼女の反応が面白くてまだまだ話していたい話けれど、自宅前まで戻ってきたからそれもお開きが近付く。

「ほんと非常に充実した三日間でしたよねぇ。なんだか一瞬でした」

「ああ、間違いない」

一呼吸置いたのち、自宅の前で立ち止まった明澄は目元を綻ばせて、しみじみと口にする。

俺と同じで学校行事に興味がなかった明澄がここまで言うのだから余程楽しかったのだろう。

穏やかな明澄の表情を見ると、本当に色々変わったなぁと俺は心の底から思った。

お隣さん以上の距離を置かれていた頃に比べると、雲泥《うんでい》の差がある。

身バレしたかと思えば、お互いに家事をするようになって。一緒に帰宅して配信だってするのだ。二ヶ月半でこんなにも変わるのかと驚くばかりである。

仲良くなるなんて考えられなかったし、なるつもりもなかった。

今では明澄が居ないと、何か物足りなく感じてしまったりと不思議な感覚を抱いていた。

「でも何より、色んな庵くんが見られて楽しかったです」

「確かに俺も明澄の事を知れたような気がする」

「かっこいい庵くんも、可愛い庵くんも見れました。新鮮で面白くて、たまには友達と楽しむのもいいものですね。ああ、短かったなぁ……」

顔の前で手を合わせて口許を隠す明澄は、まるで本当の聖女のように微笑んでいた。

気恥ずかしくなるような事を言われて、庵は鼓動が速くなる。

「本当に短かったか？　配信したすぎてうずうずしてたくせに」

「そ、それは言わないでくださいっ」

何か同じような言葉で返せればよかったのだが、庵には少しハードルが高かった。

だから、揶揄うようにしか言葉を紡ぎ出せない。

そうすれば明澄は首に巻いていたマフラーに口許を隠しながら、べしっと二の腕をはたいてきた。

抗議をする明澄に「悪い悪い」と謝り、冷えてきたし部屋に戻る事を勧めると、彼女も怒りを収めてこくりと頷いた。

「じゃ、あとで連絡する」

「はい」

林間学校という非日常ももうじきに去る。この時間を終わらせるには寂しくはあるが、ずっと続くものはない。

微量にも寂寥感を抱きながら、明澄に背を向け部屋に入る——その直前の事。俺は涼やかな声を浴びた。

「庵くん」

「なんだ？」

「また、あとで」

「おう。またあとでな」

名前を呼ばれて振り返ると、そこには明澄が小さく手を振りながら、その綺麗な顔を綻ばせて微笑んでいた。

第15章　聖女様と秘密の配信

「庵くん。ＰＣが壊れてしまいました」

ある日の夕方、庵《いおり》の部屋にやって来た明澄《あすみ》が、焦った様子で開口一番にそう伝えてきた。

パソコンの故障に加えて、事務所ライバー専用の配信アプリも調子が悪いとの事。

踏んだり蹴ったりです、と嘆いていた。

配信出来ないとなれば、配信好きの明澄にはこれほど悲しい事もないはずだろう。

彼女は表情に絶望や悲愴感を漂わせており、事態はかなり深刻なものであると庵は察した。

「ハードディスクか？」

「ええ。特に記憶装置まわりが壊れているようで」

「お前が見てダメなら俺にはどうしようもないなあ。悪いな、力になれなくて」

ケーブルなど互換性のあるものであれば余りがあるし融通は可能だが、ＣＰＵやＨＤＤなどの融通は難しいだろう。

パソコンや周辺機器に関しては配信者なだけあって、明澄のほうが詳しい。

彼女が調べたうえで壊れたと言うのなら、庵には何もしてやれる事がなかった。

「まぁ、ＰＣ丸ごとなら貸してやるよ。配信用と仕事用で二つあるし」

「いやそれは事故が起きるかもしれませんのでちょっと……」

「配信用は最低限のソフトしか入れてないし、データとかもほぼないからなんとかしてやれるんじゃないか？」

「本当ですか？」

「ああ、変なメッセも出ないし、背景とかユーザー名も変えとけばデスクトップが万が一映っても分からんだろうしな。とりま、一度見てみてくれ」

「なるほど。確かにそれなら、なんとかなるかもです」

俺は自分のチャンネルで配信をしないし、コラボ相手と画面の共有も行わない。

だから、俺の配信用ＰＣで明澄が配信をしても事故は起こりようもないはずだ。

軽く状態だけ明澄に確認してもらう。結果、問題なしの判断が出た。

今日は明澄が俺の配信用ＰＣ、俺は仕事用を使う事にした。

配信まであと僅かだし、今日は新人がデビューするらしく後ろにずらせない。

ソフトのダウンロードや事故を防ぐための厳重なチェックも必要になってくるから、明澄の部屋に移動させるのは時間的に厳しい。

そのため明澄はＰＣが元から置いてある俺の作業部屋で、音声のみの俺は最低限の機材をもって寝室で配信する事に決めた。

俺と明澄は早速、急ピッチで作業に取りかかった。

「こんうか〜。今夜はうかんきつの時間になります！」

約三〇分後、なんとか間に合わせた二人は配信に漕ぎ着けていた。

どちらの部屋も防音は厳重にしてあるから、声は聞こえたりしないだろうが、壁一枚隔てた先に明澄がいると思うと緊張する。

「こ、こんうか～」

万全に対策してあるのでよっぽどのミスをしければバレはしないだろうが、いつも通り挨拶する明澄に比べて俺は挨拶の際に少しトーンを落としたり、セリフを噛んでいた。

：今日、ママどうしたの？

：ママ？

：ママの声小さいかも
：配信初心者みたいな噛み方してるしW
：ママ、可愛い
既に様子がおかしい事に気づかれつつあったが「寝起きなんよ」と適当に誤魔化しておいて、どうにか配信を進めていく。もちろん、目も思考もぱっちりである。

「そんなわけで、今日はクソマ〇ュマロ一〇〇個切りの日です」

「お前のところクソマロ多すぎじゃね？」

「以前、あえてクソマロを募集したら面白いのが送られてきてしまって、それからは勝手に送られてきてます。まあ、一番やばい夜々《よよ》さんのところに比べたらマシかと」

今日の俺と明澄のコラボ配信は、匿名のメッセージサービスを利用した内容だった。

しょうもないお便りや過激だったり思想が激しめなものをクソマロと呼ぶのだが、それを二人で面白おかしく捌いていく企画となっていた。

「あそこ批判マロまであるしなぁ」

「夜々さんに送られるクソマロは地獄ですからね。それよりも早速読みましょうか」


『マンマァ、マンマァばぶぅ、あうあう、きゃっきゃっ、ママァン！』


初手からあまりにもクレイジーというほかない文面のメッセージが明澄によって読まれる。彼女は試験的な意味も込めていつもより大きめの声を出したが、こちらには壁を通り抜けては聞こえない。これなら貫通とか同室の疑惑が噂されるとかはないだろう。

(Vって凄いな。こんなヤベェもん処理するのかよ)

それに今は配信の心配よりも、明澄の演技というか特殊なボイスに俺は惹かれつつあった。あまりにも内容が終わってるので、尊厳とか破壊されないのかとそちらのほうが心配と言っていい。

面白さのために精神を犠牲にする人間もいるから、明澄はどんなメンタルで配信をしているのかと、素直に尊敬した。

：赤子はマ〇ュマロ使わんでもろて
：この配信、赤ちゃんも見てるんだ

：ここのリスナー、０歳児もいるんか？
：赤さんも来てくれています
：知能指数なくて草
：笑い声が邪悪すぎるｗｗ
：こんな赤ちゃん居ねぇだろ！
：終わってるって
：まて、これはうかまるに赤ちゃんプレイさせるための神マロだろ
「ママ、なんですかこれは」
「ワシらにはすくえぬものじゃ。はい次」
『かんきつママ、結婚してください。うかまると！　一緒に暮らして同じ部屋で配信してください！　お願いします！』
（おい、タイムリーなの採用すんなよ!?）
部屋は分かれているとはいえ、今まさに俺の自宅で配信をしている。
あまりにも状況に合いすぎた内容に一瞬、俺はドキリとした。
これはわざと採用しているに違いない。
「うーん。身勝手だなぁ」

「身勝手ですねぇ」

「次行こ次」

選んだのは明澄だからおふざけだろう。俺にしか伝わらないが、やってくれる。

心の中で抗議しつつ触れようにも触れづらくて、短くリアクションを返すに留まった。

俺はその調子で三〇分ほど配信を進めたせいか、ぎこちなさは少し後味を残したままだった。

それがいつものキレのある返しをする彼とは別人に思えて、ひっそりいくらかのリスナーは違和感を抱いていたが、俺は知る由もない。


『もうダメだ　もうダメなんだよ　もうダメだ　種田山〇火』


「めちゃくちゃだなおい。てか種田山〇火って書けばなんでも許してくれると思うなよ」

「実は種田山〇火のパロディは、まだあるんですよね。一〇個はありますよ。見ますか？」

「種田〇頭火人気すぎだろ」

「まぁ、正岡〇規と並んで教科書二大落書きの帝王なので」

「かわいそうがすぎる。クソマロでせめても供養しとこう」

『媚《こび》いっても、媚いっても　平社員　作・タメが課長かぁ』

：悲しいなぁ
：草
：早く転職してもろて
：座布団五枚やろ
：こいつ俺か？
：草
：種田山〇火はネタ枠
：うまい！
：現代ではよくあること
：よく正岡〇規とこいつの顔に落書きしたなぁ
：サラリーマン川柳なら大賞
「ちょっとうまいのが腹立つわ。こんなものが募集もしてないのに送られてくんの？」
「ええ、まだまだありますよ？　もう五〇万くらい溜まってますし」
「多すぎだろ。クソマロ職人のバイトでも雇ってんのかよ。ちょっと休ませてくれ。トイレ行ってきていいか？　こんなの相手にするだけで疲れるわ」
「私もお水取ってきますので、少しミュートにしますね」
次々と現れるしょうもないどうしようもない内容のメッセージと対峙していると本当に疲れてくる。およそ五〇個近くは処理しただろうか。

謎に火力の高いやつだったり、奇っ怪なもの、それに明澄があんなわざとらしいものを読んだりするから、温度差で風邪を引くんじゃないかと疲労感はいつもより倍はあった気がした。

「ふぅ。疲れた」

「お疲れ様です。あと三〇分くらい頑張りましょうね」

「こうしてると背徳感あるな」

「ですね」

休憩に入ると、お互いに部屋の外に出てトイレやら水分補給を行っていた。

普段の配信中であれば、顔を合わせるなんて事は絶対にない。

リスクを限りなく排除したとはいえ、同じ場所で配信をしているという、とてつもない背徳感を俺と明澄は味わっていた。

リスナーたちは裏でこんな事をしているとは思わないだろう。

知られたらどうなるか。炎上かそれともネタにされるか。

かんきつと氷菓《ひょうか》の関係上、喜ぶファンが多い事も事実だし、どっちにしろ騒ぎになる事は間違いない。

このちょっとした火遊びのような配信はクセになりそうだが、気軽に体験してはいけないだろう。絶対にこれきりだ。

「バレたら終わるかな」

「まぁ、うちのリスナー的には喜ばれると思いますよ。さっきもあんなマロが来てましたし」

「お前なぁ。あれ、焦ったわ」

「ふふっ。ごめんなさい」

「でも俺のところにもあんなＤＭくるんだよな」

「ああいう願望を詰め込んだうかんきつの同人誌は成人、全年齢どっちも沢山ありますし、人気のカプですよねぇ」

「おい、未成年？」

「れ、零七《れいな》が勝手にＵＲＬを送ってくるんですっ。そもそも表紙だけなので、中身を見た事ありませんし！」

かんきつと氷菓が積み重ねてきた関係から、二人の組み合わせは界隈においてメジャーだ。ちょっとＳＮＳを探れば、うかんきつのファンアートは見かけるし、センシティブタグや成人向けも俺は認知している。

明澄は性的な話をまずしないので、視界にも入れないと思っていたが、認知はしているらしい。

ただ、反応から耐性がないようには見えた。

「ここまでメジャーなカプになるとか凄いわ。ほんと」

「もういっその事、隣に住んでるのバラしますか？」

庵が感心していれば、明澄が人差し指を口許に当てて、試すかのような眼差しを携えてそんな爆弾発言を口にした。

あまりにも唐突でとてつもないリスキーな提案に、俺はびっくりして腰を抜かすかと思った。つい汚い声で「え?」と出た。

「冗談です」

「それなら冗談っぽくしてくれ。本気かと思ったわ」

あまりにも狼狽えた表情を俺が見せたためか、明澄はにこりとして真意を明かした。

刹那だが本気っぽかったので、冗談と聞かされた俺は力が抜けて溶けかける。

冷凍と筋弛緩剤を続けて味わったような、ジェットコースター的なアトラクションとしては満点な悪戯だろう。

(……びっくりした)

「ふふふっ。秘密のほうが楽しいですもんね。私もこのままのほうがいいですし。ネットでもリアルでも。さ、配信を再開しましょうか」

「あ、ああ」

そんな俺を見て明澄は楽しそうに笑いつつ、部屋に戻っていくが、どこかあの本気っぽい表情と今の意味深な発言は忘れられなかった。

(俺がいいって言ったらどうしてたんだろうな)

明澄が一体何を考えてあの言動に至ったのか俺には測りかねる。

いつか本当にバラす日が来るとしたらそのタイミングはいつなんだろうか。

考えられるのは本当に明澄と付き合う、という出来事しかないが、すぐに思考から排除する。

（それはないな……）

色々と勝手に悩まされながら、俺は配信へと戻っていった。

明澄の発言に戸惑いを抱えつつも、再開後は順調に配信が進んだ。

一度、あの緊張感を味わったからか、どこか気は楽だった。明澄は狙っていたのだろうか。

「これで最後のクソマロかな」

「はい。では、ラストに行きましょうか。ママ、読んでもらえますか？」

「はいよ、ええと……」

『うかまる大好き。氷菓、好き好き大好き。ママはあなたを愛しています。大好きだぁぁぁ！』

「なんだこれ」

「ママ、ありがとうございます。私も大好きですよ」

：告白きちゃ？

：てぇてぇ

：てぇてぇマロだ

：これは良マロ

：￥10000　祝福する
：おめでとう
：￥2690　うかんきつてぇてぇ
：ママ、強制的に告白させられてて草
：一体いつから、クソマロだけだと思っていた？
：最後の最後で最高のマロ
明澄に読まされたのは、最早クソマロでもない強制告白文だった。
いや、ママという単語が入っているあたり、娘に対する家族愛的なメッセージとも取れるだろう。
それにしてもなんて内容のマ○ュマロを読ませるんだ、と俺は呆れていた。
いつもはてぇてぇ営業として割り切っているが、こんなに熱のこもったセリフを言わされたら、恥ずかしいに決まっている。
唐突な羞恥心に俺は参らされた。
「氷菓、自分で作ったなこのクソマロ。俺を辱めるために！」
「なんの事でしょう？」
指摘してやれば、明澄が白々しく返してきた。やはり彼女が考えたらしい。
やはり明澄が考えたらしい。
オチを作るためとはいえ無茶苦茶だし完全に俺で遊ぶ気満々だ。普段の清楚な彼女と違って滅多に見られない悪戯好きな明澄が顔を覗かせていた。

林間学校でも見せていたし、これが彼女の本性なのかもしれない。

「お前ェ、こんなオチのつけ方あるか！」

「爆発オチよりはマシでしょう？　それに娘大好きならロリコン疑惑も晴れるかもしれませんよ？」

「それは何も解決してねぇ。ロリコンも娘想いも同居できるやつだし、あとロリコンじゃねぇよ!?」

「というわけで、今夜はこの辺りで終わりましょう。おつうか〜」

「おい待て！　勝手に終わらせるな。俺も今度クソマロ送ってやるからな！　一〇〇万通！」

：自分にクソマロ送ってママに読ませるとか、うかまるおもろすぎるw

：草

：なにしてんねん笑

：おつうかー

：親娘の治安終わってるってw

：普通に誰得ってリスナーが得しただけよな

：ママ、遊ばれとる

：おつうか

：面白いw

：草
：おつうか！
：いいオチだ
不本意だが疑惑は消えそうにない。恐らくこれから一生イジられるだろう。
仕方なく渋い顔でコメント欄を盛り上げつつ、俺が突っ込む中、配信は終了した。
否、したと思っていた。
「ふぅ。お疲れ様です」
「お疲れ様。お前、あんなクソマロ読ませやがって」
「ふふっ。でも楽しかったでしょう？」
「……まぁな」
いつも通り配信後のやり取りが裏では続いていた。
二人とも俺の自宅にいるのでリビングかダイニングに向かえばいいのだが、普段の癖でそのままボイスチャットで二人は会話をしていた。
それが幸と不幸を呼んでいるのだが、二人はまだ過ちに気づかない。
：Cパートたすかる
：裏でもうかんきつてぇてぇ
：ママ恨んでてて草
：Cパートたすかる

：Cパート助かる
「私はちょっと思ってたのと違ったんですけどね」

「どういう事だ？」

「どういう事でしょうね？」

明澄は曖昧で不明瞭な言い方をして、具体的な事を言わなかった。

今日は普段の揶揄うようなものではなくて、どちらかと言えばやはり悪戯っぽさが多分に含まれている。

声色にしても楽しげだし、だからといって愉快さを全開にしたのとも相違ある。

脳裏にいくつか並べた予想とは違う思惑があったのだろうが、教えてくれる気配はない。

だから配信用の企画を練っている途中なのかもしれないと考える。詮索しすぎてボケや企画潰しになってはいけないと、俺はそれ以上は思考回路から隔離した。

「さて、チャット一旦切るか」

「ですね。この後、ちょっとやりたい事もありますから。また後で諸々打ち合わせなどしましょう」

「なんかするのか？」

今日は部屋を好きに使っていいと言ってあるので、リビングに合流しないのも構わなかったが、人手が必要ならと思ってつい尋ねてしまった。

それが、知らぬ間に傷口を広げて、局面はさらに進んでいった。

「ネットショッピングをですね」

「へーいいじゃん」

「機材が壊れちゃいましたからねぇ」

「あーそっか。そうだったな。てっきり服とか買うのかと」

「それもいいですよね。今はネットでなんでも売ってますし、春物もまだ足りてないのでついでに何か見繕っちゃおうかなあ」

「俺もなんか買うか。あ、男でも着れそうなのあったら教えてくれ」

「いいですよ。そちらもメンズでいいのがあれば教えて欲しいです。ユニセックス系とか好きなんですよね私。そっち系も何かあれば」

「おーけーおーけー。んじゃ、そっちメインで、あ、悪いもう切るわ。話しすぎた」

「つい話しちゃいますもんね。はい。お疲れ様でしたー」

あまり話す事もなく、配信後はちろっとだけ話すつもりだったが、思わぬ話題が膨らんだ。

誰かと長電話する機会なんてないけれど、あったとしたらこんな感覚なのだろうか。

明澄との会話は心地よいし、楽しくなってしまう。

柔らかく可愛らしい機嫌のよさげな明澄の声に見送られる。

そして、俺がボイスチャットを切ろうとしたその時、ふと自分のスマホの画面が目に入ってきて、次の瞬間には目をかっぴらいていた。

「おう、また……って、おい……！」

声を荒らげるというほどではなかったが、焦りをまとわりつかせた声が出た。
なんとまだ配信が続いていたのだ。
身体が反射的に動いて、がちゃがちゃと物音を立てて、俺は青ざめた。

：Cパートたすかる？
：これCパート？
：Cパートたすかる
：裏のやり取りありがてぇ
：切れてないよな？
：ガチ助かる
：これ、今配信してるカレンとかに言ったほうがいい？
：てぇてぇ
：やり取りが普段と違うし、これCパートじゃないよね？
：配信切ってないんじゃなくて切れてないんじゃない？
：普段のCパートと違うの良き
：素の二人か

配信チャンネルを持たない俺は画面を共有する代わりに、配信を開いて見ていたからスマホには今日の放送の画面が映っている。
配信画面は終了したあとのオフライン状態ではなく、ロゴだけの背景のままとなっていた。

それだけならいいものの、ミュートになっていないから、さっきの会話は垂れ流しだ。加えて、流れていくコメント欄を見て、俺は全てを理解する。

配信事故だ、と。

「急にどうしたのですか？」

「まだ、配信切れてないんだよ」

「えぇっ!?」

どうやら明澄は気づいてなかったようで、まだふわっとした様子だった。

直接、配信が切れてない事を伝えるとようやく明澄は素っ頓狂な声をあげる。

「やべぇ、もう配信切ろう」

「ふふふ、気づいちゃいましたか。なんて……じゃ、じゃあ切りまーす」

慌てた俺が配信を切るように促すと、彼女はそう誤魔化して配信を切った。

明澄はわざと配信を切らず実は続いてますドッキリを仕掛けた風の演技をしたのだろう。

緊急事態やアドリブが求められる場面で活躍してきただけあって、その機転には俺も驚くほどだった。

締めの挨拶の後に実はまだ音声が乗ってますよ的なノリはよくあるので、かなり苦しいがうまく活用したと言える。

そして、とりあえず完全に切れたか確認が取れるまで、これ以上配信に何も乗せないようボイスチャットを切った。

「危なかった！」

「す、すみません！　本当にすみません！」

後始末を終えると二人はリビングに集まった。

疲れてどっかりソファに沈み込んでいる俺に、配信事故を起こしてしまった明澄はとにかく頭を下げ続けている。

ちょっと涙目になっている姿は初めて見たから、どうしようかと戸惑った。

「ど、どうしましょう!?　同じ家に居たのとかバレてませんよね？　せ、千本木《せんぼんぎ》さんに連絡しなきゃ！　あ、リスナーにもうまく誤魔化さないといけないし、なんて呟いたら……？」

ひとしきり俺に謝ったと思えば、今度は凄い勢いで明澄はあわあわと目を回しながら頭を抱えて、スマホを取り出して電話をかけようとしたりやめたりと、一人でどたばたし始める。

いつもの沈着冷静な明澄はどこかに消え失せてしまっていた。

「とりあえず、落ち着け」

「落ち着いていられませんって！　これ、炎上するかもしれませんよ。本当にどうしよう……」

「別に炎上すると決まったわけじゃないし、そういう内容でもないと思う。だから一回、深呼吸しよう。な？」

一度冷静さを失った人間は何をしでかすか分からない。配信を見ていた人たちに誤魔化すにしても、変なやり方や下手に嘘をついたりすれば後が苦しくなるだろう。

以前、夜々が言っていた事を俺は思い出す。

(やらかした時は焦らない、誰か一人冷静に)

あの言葉に忠実になるべく、間違いを犯さないよう、そして刺激しないように俺は優しく明澄を落ち着かせようとする。

「わ……私の」

取り返しなんてつくレベルのやらかしだし、なんとでもなる。

「どうした？　あ、ゆっくりでいいからな」

何かを言いかけたので、俺は落ち着けるような雰囲気を作ってやる。

「私の居場所がこのままだとなくなっちゃいますっ！」

しかし、明澄の感情は爆発した。

今までで一番大きな声で叫ぶように明澄はその焦りをそのまま表に出した。

「ほんとちょっと落ち着こう」

「俺くんには分からないんです！　私がどうやってここまで生きてきたか！　配信は私の全てなんですっ」

明澄は尋常ではないくらいの焦りと不安を入り交じらせ、俺にぶつける。

明澄の眦には僅かだが雫《しずく》が溜まっていた。

「それはごめん。ごめんな。勝手だったな……」

あまりの光景と普段の明澄からは信じられない荒れっぷりに驚いた俺には、ただ謝る事しか残されていない。

もうどうしようもないんじゃないかと、明澄を落ち着かせるのを諦めかけるほど彼はこの一瞬で酷く疲弊した。

「あ……ごめんなさい。つい、私なんて事を……！」

明澄から思い切り最大限の感情をぶつけられ、気が抜けてしまった俺は言葉を失っていて、その様子にようやく明澄は我を取り戻す。

ただ、今度は俺を傷付けた事を理解して、絶望するように表情を歪ませる。明澄は取り返しのつかない事をしかけたのだと、優しさが故に気づき、逆に冷静さを取り戻したのは皮肉だろう。

「私が全部悪いのに、俺くんは何も悪くないのに……最低でした。」

「いや、いいよ。とりあえず、落ち着いたらそれでいいから」

「はい。ごめんなさい……」

今の明澄には謝る事しか出来ないのだろう。ひたすら頭を下げるばかりだ。

これでは話にならないので、少し間を置く事にした。

「配信事故なんて初めてじゃないか？」

「初めてです」

あれから一〇分程経った頃。ソファーに腰を下ろしながらあの顛末を遡る。

少し離れて隣に座る明澄は、すっかり意気消沈した重い表情で頷く。

「やっちまったな」

「すみません。私の不注意です。いつもは配信を切ったかどうか確認するために、部屋に警告の紙を貼り付けているんですけど、それがなくて確認ミスを起こしました……」

「なるほど。そういう事か」

今まで明澄は悪意あるアンチに燃やされかけるボヤだったり、ちょっとしたトラブルはあれど、ああいう問題になりそうな配信事故を起こした事なんてない。

これまで、用心して配信をしていた事は俺も知っているし、今回起きてしまった理由はいつもと違う環境のせいだったのだからそれは仕方ないだろう。

配信前はかなり入念にチェックしていた。

メッセージやユーザーネーム、デスクトップなどあらゆるところを確認したが、まさか切り忘れるという初歩的なミスを引き起こすとは思うまい。

「なんとか誤魔化しましたけど、暫くは切り抜きとかちょっとしたネタにされそうです」

「それで済むならいいほうだろう。にしても、よくドアとか開けなかったと思う」

「私もそう思います」

二人は部屋を出れば直接話せるので、配信後にボイスチャットでやりとりをする必要はなかった。

そのせいで音声が乗ってしまっている。

だが、逆にそうせずにリビングに行ったりしてドアが空いたまま配信の切り忘れに気づかなかったら、もっと他の会話が漏れる可能性まであった。

そうなると確実に同じ部屋で配信をしている事がバレたはずだ。

配信後に部屋に留まったのは、ある意味不幸で、ある意味幸運だったといえる。

「で、だ。隣に住んでるとかバラすのはやっぱりやばいだろ」

「はい。休憩中にあんな事を言いましたけど、いざとなったら絶対にバレたくないって思いました。凄く怖かったです」

気を落とす明澄は震えるように声を絞り出す。

あれほど荒ぶる割に、あの冗談は何を思っての発言だったのか謎だが、こうして彼女の本音が聞けたのはよかっただろう。

きっと舞い上がってしまったのだ。ここ最近ずっと、明澄の生活は公私ともに充実して満ち足りている。

俺を揶揄う事や一緒にご飯を食べる事、イラストレーターとVTuberというビジネスパートナーに近い関係で、気兼ねなく話せる事。気が緩むのも仕方ない。

調子づいた結果、あんな普通は言わない冗談まで言ってしまったのだろう。

でもだからこそ、俺には確信するものがあった。

薄々勘付いていたが、明澄は聖女様なんて呼ばれるような完璧で尊い存在ではないのだと。

他人を警戒するけど、慣れたらそれなりに心を許して、軽口も叩けば毒も吐くし、怒るしお節介も焼く。もちろん、素晴らしい才能と努力を持ち合わせていて、優しくて沢山の選択肢と技術を手にした類稀なる少女でもある。

でもやっぱり、普通の高校生となんら変わらない等身大な姿も持っていて、暗く心に根ざしたような闇もまた抱えている。

あんな冗談を言ったくせに勝手に自爆して、いざとなったら慌てふためく。内心では何をやっているんだ、と呆れもした。

明澄はそんなただ一人の女の子なのだ。聖女様でも氷菓でもない、純粋な水瀬明澄をあれに見た。

だから、必要以上に関わりを持たない主義の俺も、今まで以上に放ってはおけなくなってしまった。

「なんにせよ大事にはなってないからな。あと、もう二度と同じ所でひっそり配信するのはやめような。やるならオフコラだな。するかは分からないけど」

「そうします。本当にご迷惑をおかけしました」

「俺も反省するし、これからは配信切れてるかこっちでも確認するから」

「はい……ごめんなさい」

お互いに気をつけようと、言い合って確認をする。

そこで俺は終わったつもりだった。

けれど明澄はまだ落ち込んでいるようで、目を伏せてきゅっと拳を握っている。

少し精神的に辛くなってしまっているのだろう。

あまりにも痛々しくて俺は見ていられなくなくなる。

そして、あの始業式の日の帰りを思い出す。ドアの前で待っていた明澄はそわそわとしていた。どこか楽しげに話していた。

あれは心の隅で、拠り所を待っていたのだ。探していたのだ。大切な場所に何かを増やせればいいと考えたのだろう。

それを思うと俺はたまらなくなって、壊れてしまわないようにと、その手はふと明澄の頭へと伸びていた。

「あ、あの？」

「もう大丈夫だから。終わった事だし、気にしなくていいから。理由も聞かない」

俺に撫でられた明澄はびくりと身体を震わせたが、嫌がるような素振りは見せなかった。

憐憫《れんびん》だかなんだかは分からないが、必死に明澄を気遣った結果が頭を撫でるという行為に現れていて、さらに軽くだけ抱き締めた。

その俺の意図に気づいたのだろう。「はい。はい……はい」と何度も頷きながら明澄は受け入れる。

ほんのりと温かく、そして柔らかな感触とともに、心の内がじんわりと熱を帯びる。

本当は親愛を抱く家族や、恋人とか好きな人にするものなのだろう。だから、少しばかり罪悪感があったし、異性相手に軽率なところを恥じるものの、またどこか正しさがない訳でもなさそうなのは幸いだ。

それからひとしきり慰めると、明澄は落ち着いたらしく俺から離れて、ソファの上で優しい表情をこちらに向けながら、抱えた膝に埋《うず》まっていた。

エピローグ　聖女様は隣を歩く

休日の夕方すぎ、仕事用の資料を買いに出ていた俺は、繁華街の出入り口付近で見覚えのある少女を見つけた。

「ここで会うのは珍しいですね」

ちょうど通りにあるバス停に通りかかった際、止まったバスから降りてきた明澄と遭遇したのだ。

折ったハイネックのセーターに、ミドル丈のトレンチコート、その上にモコっとしたアウターを合わせた姿をした明澄。また、下はタイツでスラリとさせ、ショートブーツでキュッと絞ったようなシルエットはメリハリがついていた。

とても高校生には見えないお洒落な格好だった。

洒落た服装をしていたのは仕事で事務所を訪ねていたからだろう。明澄もこのまま帰るらしいので、二人は自宅があるマンションへと足並みを揃えた。

「確か事務所に行ってたんだっけ？」

「はい。収録があったので。あと例のやつです」

仕事のほか、先日の配信の件も兼ねていたようで、静かに答える明澄の表情はやや苦そうに笑ったものだった。

先週起きた配信の切り忘れ事件だが、結論から言えば大きな問題にはならずに済んだ。むしろリスナーや界隈のファンからは尊いやりとりとして取り上げられ、今ではただのてぇてぇ一幕として落ち着いている。

こうして平和な日常を送れている事もあって、あれから明澄が落ち込んだりする事はなかったが、事務所に行った事でまた少し思うところがあったのだろう。

今日の明澄にはいつもとは違う静謐《せいひつ》さがあった。

「……話は変わりますけど、庵くんって結構お洒落さんですね」

なんだか新鮮です、と明澄は庵の全身を足先から眺めるように見上げてきた。

今日の庵のコーディネートはシックな黒のダッフルコートを中心にしており、そのインナーにロング丈のオックスシャツ、テーパードパンツを合わせたものだ。靴はレザーシューズで、お気に入りの黒のキャップを被っていたりと、明澄と遜色《そんしょく》ないお洒落さがあると言っていいだろう。

お互いにそれなりの服装のせいかこれからまるでデートでもするかのような雰囲気があって、妙に落ち着かない気分で庵は帰路に就いている。

「マネキン買いだけどな。あと、店員に諸々合わせせられた」

「適当に買い合わせるよりも、そっちのが間違いないですしね。とってもお洒落で似合ってますよ」

「ありがとう。明澄は普段からお洒落だよな。イヤリングとかブレスレットとか、小物にも気を使ってるのがお洒落な人間のそれだし」

「そういうの好きなんですよ。校則で禁止されていますからしてませんけど、本当はピアスもあけてみたかったりします」

「ピアスねぇ」

明澄がファッションや見た目に気を使っているというのはひと目で分かる。ラフな服装をしている時ですら手を抜いているところを見た事がない。

高校生ながら半分社会に交じっているという事もあるのだろう。

ただ、背伸びとは違うけれどどこか大人を意識しているようにも映る。以前までは普通のお洒落さんと思っていたが、先日の一件以降は違う見え方もしていた。

明澄があの狼狽えを見せた時に放った『私の居場所がなくなってしまいます』という言葉とも関係があるような気もしてならなかった。

何者かになろうとしているような、そんな雰囲気を俺は感じるのだ。

明確に推察出来るものでもなければ聞かないとも言ったので、いつか知る事になるのだろうか、という程度に心の片隅に留めるしかないが。

「俺くんはピアスに興味とかないのですか？」

「怖いから俺は無理」

「俺くんに似合うと思うんですけどねぇ。怖いのでしたら私があけてあげましょうか？　卒業してからになると思いますけど」

「人にされるのも怖いしなあ。あと絶対痛いし、やめとく」

何故かひときわ明澄にピアスを勧められるが、俺は手を振り苦笑しながら遠慮した。よくピアスなんかしようと思えるなぁ、とちらりと明澄の首筋から耳を見やる。別に露出がおかしい場所ではないのに、どうしてか明澄の首筋一帯に魅入ってしまった。

本当に綺麗な女の子だと思う。

隣を歩いているのが不思議なくらいで、この関係を数ヶ月前の自分に伝えたとして、鼻で笑われるか精神科を勧められた事だろう。

それくらい現実味を感じないが、今の状況は嘘でも夢でもない。人を寄せつけない明澄から紛れもなく俺が獲得した信頼の結果だった。

そんな事を考えながら隣に目を向けていると「なんですか?」と明澄に問われる。不埒《ふらち》な目を向けたわけではないが、後ろめたくなった俺はすぐに目を逸らした。

すると、前方が不注意になって人とぶつかりそうになる。

「あ、あぶね」

くるん、とうまく身を翻《ひるがえ》して、俺はなんとか衝突を避けた。

「だ、大丈夫ですか?」

「ああ、ぎりぎりな」

せーふせーふ、と俺はジェスチャーしながら白い歯を見せて笑う。

「怪我しないでくださいね? 手に大事があっては大変ですから」

「ん。気をつけるよ。……それにしても賑わってるな」

「日曜日ですからね。少しだけ端に寄りましょうか」

「おう」

夕方だし繁華街や駅がすぐそこという事もあって人通りが多く、広い歩道でも二人で並んで歩いていると狭く感じるくらいだ。

人とぶつからないように明澄が、俺の隣に少し肩を寄せるように近付いてくる。

「それと、はい」

隣を歩く明澄が立ち止まったかと思えばこちらを見上げて、すっと手を差し出してきた。

「えっと……なに？」

唐突すぎて一瞬、差し出された手の意味を察せなかった俺は、真面目に聞き返してしまう。

「人も多いですから、繋いでおきましょう。ね？」

「……なるほど。まぁ、じゃあ」

今日はどこか明澄の元気がなさげだったというのもあって、差し出された手の意味を説明されると、俺は躊躇う事なく握った。

お互い手袋をしていて直接肌の感触を確かめる事はなかったが、ほんのりと体温が生地越しに伝わってきた。

異性と手を繋ぐのは躊躇うものがあるが、先日、撫でたり軽く抱き締めたりもしたし、それに比べたら格段に健全だ。

男友達なら肩を組む事もあるし、女子相手でも提案されたらゆるく手を繋ぐくらいは気にする事でもないのかもしれない。

「ぶつかったり転けたら痛いですし、庵くんは痛いのは嫌ですもんね」

「……一言余計だ」

揶揄いやがって、と明澄のほうに視線を落とすと、今にでも溶けだしそうなくらい可愛らしく眦を下げていた。その笑みに俺は殴られたかのような衝撃を受けて、騒ぎ出した心音を抑えるように明澄の手を少しだけ強く握ってしまう。

そうすると明澄がこちらを見上げて小首を傾げるので、さらに心拍数が上がるのが分かった。

危ない。これは危ない、と俺はある種の危険を感じて、その愛らしい顔から逃げるように前を向いた。

「それに今度、ホワイトデーのボイスを出すんですけど、ちょうどそれに活かせるかなって」

周りに聞こえないよう明澄が、小声でそっと耳打ちしてくる。

「そっか」

（近い……）

明澄の顔が不意に至近距離に寄ってきて甘い匂いがし、そのくすぐったさに思いがけず俺の返答はぶっきらぼうなものになった。

しかしながら、隣で上機嫌そうにしている明澄はそんな彼の様子に気づく気配はなかった。

一人で変に意識しているのがちょっと気に食わないが、声優やＶＴｕｂｅｒなどの声の演じ手に想像力や表現力が大切な事は分かるので、俺は協力出来るなら、とそのまま明澄の手を握ってまた歩き出す。

「……ああ、そうです。一つ大事な事を忘れていました」

暫く無言で歩いていたのだが、はたと思い出すように言った明澄が、再び視線を合わしてきた。

「ん？」

「あっちで千本木さんと話していたんですけどね。こうやって何事もなく活動が出来ているのは俺くんのおかげだなって。だから、何かお返しをしないといけないなと思いまして。俺くんは何かお願いごととかあります？」

「別にいいよ。やれる事やっただけだし」

「そんな事ありませんよ。もう、ほんと謙虚なんですから。だから、信頼出来るんですけど……ね」

先日の俺は的確な動きをしてみせたが、大した事をしたつもりはなかった。どちらかと言えば、その後の明澄のフォローのほうがよくあんな風に出来たなと思うくらいだ。

まさか女子を自分の胸に引き寄せて撫でる、なんて今までの俺だったら絶対にしなかっただろう。そして、それを含めて全部が咄嗟でしかない。

だから特に恩に着せたりするつもりはないと思って口にしたのだが、明澄はちょっぴり拗ねたような顔をしながらはぁ、と一つ息を吐いていた。

それからちょいちょい、と明澄は握る手で俺を引っ張り、自分のほうに向かせて……。

「だからね、庵くん。これからもよろしくお願いしますね？」

いつか返させていただきますので、と明澄は、きゅっと繋ぐ手に力を込め、天使を思わせる慈愛に満ちた愛らしい笑みでそう告げた。

ふと向けられたのは聖女様モードの明澄ではなく素の明澄だった。

突然の振る舞いに俺はどきりと心臓を跳ねさせて、頬に熱が籠るのを感じる。赤くなった理由は寒さのせいにしておきたいところだが、それは少し無理がありそうだ。

こちらこそ、と俺は静かに返して明澄から視線を外した。

（……これからも、か。明澄とは長い付き合いになるんだろうか？）

動揺を隠すように俺は切り替えつつ、彼女の言葉から少し思考する。

明澄とはイラストレーターとＶＴｕｂｅｒとして約二年の付き合いになるが、今後はお隣さんや同級生としても、それなりに付き合う事になるはずだ。

ただ、恋人でもなんでもなく恋愛感情もない男女が、ご飯を作りあったりするのは変な話だし、この形容し難い関係が果たしてどこまで続くのかは分からない。

とりあえず、高校卒業か明澄がぷろぐれすから卒業する時か。

それくらいまでは、何かと明澄と関わる事になるのだろう。

（ああ、そろそろホワイトデーだな。その辺も何か考えないとなあ……）

そうやって明澄との事を考えていると、先月のバレンタインに彼女からチョコを貰っている事を俺はふと思い出す。

去年まで縁がなかったので考えもしなかったが、今年は何かと悩まされそうだ。

隣で機嫌良く歩いている明澄に、どんな贈り物がよさそうかなと俺が考えていると、再び明澄はこちらを静かに見やってから、僅かに淡い微笑みをたたえた。

それから自宅まで俺は、二人の間にある仄かな甘さと、手袋越しに徐々に溜まり始めた手の温もりを明澄と交換しあった。

《了》

あとがき

皆さま。初めまして、乃中カノンと申します。

このたびは本作をお手に取っていただき、誠にありがとうございます。

甘々でじれじれな作品がとっても大好きな私でございますが、本作はその趣味に見合うものになったのではと満足しております。

『てぇてぇ』が書きたい！　から始まり、VTuber、イラストレーター、隣人物、クーデレ、料理男子と、みるみるうちに属性が膨れ上がりました。所謂《いわゆる》、属性過多というやつです。

なので、書籍化のお話をいただいた時には、「こんな趣味丸出しのお話でいいの!?」とびっくりしました。

庵と明澄は私に素敵なものをもたらしてくれたなと思っております。

絶対に幸せにしてやるからな……！

まぁ、二人の事ですから勝手に幸せになると思いますが。

だって、どこまでも甘ったるいじれったさを遺憾無く発揮してくれておりますもの。

たまに見せる隙や素、甘えや本音をやり取りして、時間をかけてゆっくりと感情を向き合わせるからこそ、深くなるものがあって、それが甘々じれじれの醍醐味なのではと思います。

なので、本編では前半と後半に似た様なシーンがいくつかあって、その時の感情が軽く対比されていたりします。相手に意識が芽生える瞬間と言えばいいでしょうか。

とはいえ、今はまだお互いにほっとけないなあとか、ちょっといいひとだなって思ってる段階で、恋愛感情とは距離がありますから、暖かく見守っていただければなと！

そして、そんな俺や明澄たちを素敵なイラストで描いてくださった、ねいび先生には感謝してもしきれません。

私が要望を出しまして、担当編集者さんから、ねいび先生に決まりましたと報告を受けた際には少し震えました。今も震えてます。洗濯機にも負けません。

また、ねいび先生はＶＴｕｂｅｒの担当イラストレーターでもいらっしゃって、Ｖの姿である氷菓も零七もばっちり可愛くて仕方がありません。

本当にありがとうございます！

それでは最後ではございますが、心より最大の謝辞を。

本書を刊行するにあたってご尽力いただきました担当編集様、レーベル編集部の皆様、校正者様、ねいび先生、その他出版に関わった全ての方々、二万人居るらしいＶＴｕｂｅｒ様たち、小説家になろうやカクヨムにて応援コメントを下さった読者様、そして本書を手に取っておられます新たな読者様、誠にありがとうございます。

というわけで、また次巻でお会い出来る事を祈りつつ、バ〇リースオレンジを買いに出かけます。

乃中カノン

一夜にして
レベル0が
世界最強に!?
1巻発売中！

ブレイブ文庫
モブ高生の俺でも冒険者になれば
リア充になれますか？
著作者:百均　イラスト:hai
スクールカーストを駆け上がれ!!!!!!
美少女モンスターたちと
迷宮踏破！
1～2巻発売中！
1999年、七の月。世界中にモンスターが湧きだす迷宮が出現した。そこで手に入る貴重な資源を求めて迷宮に潜る冒険者は、人々の憧れの職業になっていた。自他ともに認めるモブキャラの高校生・北川歌麿は、同じモブキャラだったはずの友人が冒険者になった途端クラスの人気者になったのを見て、自分も冒険者になってリア充になろうと一回百万円の狂気のガチャに人生を賭ける――！
定価：760円（税抜）
©Hyakkin

ブレイブ文庫
子犬を助けたらクラスで人気の
美少女が俺だけ名前で呼び始めた。
「もぅ、こーへいのえっち……」
著作者:マナシロカナタ　イラスト:うなさか
彼女が名前で呼ぶ男の子は、
俺一人。
1巻発売中!
高校進学を機に、小さい頃から好きだった幼馴染に想いを告げたものの、見事に撃沈してしまった広瀬航平。そんな彼は、高校入学初日の帰宅中に一匹の子犬を助ける。その子犬は偶然にも同じクラスの美少女・蓮池春香の愛犬ヒースケだった。それがきっかけで、春香は航平と仲良くなり、クラスの男子の中で彼だけを名前で呼ぶようになる。幼馴染に振られて傷心中の航平も、春香との交流の中で少しずつ元の明るさを取り戻して来て――。
定価:760円（税抜）
©Manashiro Kanata

唯一無二の最強テイマー
～国の全てのギルドで門前払い
されたから、他国に行って
スローライフします～
原作：赤金武蔵　漫画：田村紘一
キャラクター原案：LLLthika
異世界還りのおっさんは
終末世界で無双する
原作：羽々音色　漫画：ダンタガワ
ジャガイモ農家の村娘、
剣神と謳われるまで。
原作：有郷　葉　漫画：たぢまよしかづ
キャラクター原案：黒兎ゆう

雷帝と呼ばれた
最強冒険者、
魔術学院に入学して
一切の遠慮なく無双する
原作：五月蒼　漫画：こばしがわ
キャラクター原案：マニャ子
どれだけ努力しても
万年レベル0の俺は
追放された
原作：蓮池タロウ
漫画：そらモチ
モブ高生の俺でも冒険者になれば
リア充になれますか？
原作：百均　漫画：さぎやまれん　キャラクター原案：hai
COMIC
NovA
ノヴァ
https://www.123hon.com/nova/
話題の作品
続々連載開始!!

転生貴族の異世界冒険録
～カインのやりすぎギルド日記～
原作：夜州　漫画：香本セトラ
キャラクター原案：藻
レベル1の最強賢者
原作：木塚麻弥　漫画：かん奈
キャラクター原案：水季
我輩は猫魔導師である
原作：猫神信仰研究会　漫画：三國大和
キャラクター原案：ハム

捨てられ騎士の逆転記!
原作：和田 真尚
漫画：絢瀬あとり
キャラクター原案：オウカ
身体を奪われたわたしと、魔導師のパパ
原作：池中織奈　漫画：みやのより
キャラクター原案：まろ
バートレット英雄譚
原作：上谷岩清　漫画：三國大和
キャラクター原案：桧野ひなこ
コミックポルカ
COMICPOLCA
話題のコミカライズ作品を続々掲載中!
毎週金曜更新
公式サイト
https://www.123hon.com/polca/
X(Twitter)
https://twitter.com/comic_polca
コミックポルカ
検索

BRAVENOVEL
ブレイブ文庫

隣に住んでる聖女様は俺がキャラデザを担当した大人気VTuberでした

2024年9月25日　初版発行

著　者　乃中カノン

発行人　山崎　篤

発行・発売　株式会社一二三書房
〒101-0003 東京都千代田区一ツ橋2-4-3
光文恒産ビル
03-3265-1881

編集協力　株式会社パルプライド

印刷所　中央精版印刷株式会社

ISBN 978-4-8242-0300-7 C0193